JE TE LE JURE

Marie Sexton

Marie Sexton

JE TE LE JURE

Publié par

DREAMSPINNER PRESS

5032 Capital Circle SW, Suite 2, PMB# 279, Tallahassee, FL 32305-7886 USA
http://www.dreamspinnerpress.com/

Je te le jure
Copyright de l'édition française © 2014 Dreamspinner Press.
Titre original: Promises
© 2010 Marie Sexton.
Traduit de l'anglais par Lia Vezes.

Illustration de la couverture :
© 2010 Anne Cain   annecain.art@gmail.com.
Conception graphique :
© 201o Mara McKennan.
Les éléments de la couverture ne sont utilisés qu'à des fins d'illustration et toute personne qui y est représentée est un modèle

Édition imprimée en français: 978-1-63476-508-4
Première édition française en version papier: avril 2015
Édition ebook en français : 978-1-62380-794-8
Première édition française : mai 2014
Première édition : janvier 2010

Édité aux Etats-Unis d'Amérique.

\

Mes remerciements à :

Mon mari Sean,
Pour son amour et son soutien inconditionnel,
même quand j'étais complètement obnubilée
et monopolisais l'ordinateur.

Carol Ibanez, pour ses conseils,
qui m'ont aidée à transformer
une nouvelle en roman.

Amy Caroline, ma plus grande supportrice
et critique, pour avoir lu chaque version de cette histoire,
chaque scène coupée,
et même les idées bancales qui me sont passées par la tête.

Ce livre est pour vous trois,
sans qui il n'aurait jamais existé.

I

TOUT A commencé à cause de la Jeep de Lizzy. Sans elle, je n'aurais pas rencontré Matt. Et peut-être qu'il n'aurait pas ressenti le besoin de faire ses preuves. Et peut-être que personne n'aurait été blessé.

Mais je v ais trop vite. Comme je l'ai dit, tout a commencé avec la jeep de Lizzy. Lizzy est la femme de mon frère Brian. Ils attendaient alors leur premier enfant pour l'automne. Elle avait décidé que sa vieille Wrangler, qu'elle avait depuis l'université, ne ferait pas l'affaire comme voiture familiale. Aussi l'avait-elle garée devant notre magasin avec un écriteau 'À Vendre' sur le pare-brise.

C'est mon grand-père qui l'a fondé. À l'époque, c'était un magasin de bricolage, mais petit à petit on y a vendu aussi des pièces de voitures. Quand mon grand-père est mort, papa l'a repris et quand il est mort à son tour, il l'a légué à Brian, Lizzy et moi.

C'était une agréable journée printanière du Colorado et j'étais assis, les pieds sur le comptoir, regrettant de ne pas être dehors à profiter du soleil, quand il entra. Il attira tout de suite mon attention, tout simplement parce qu'il n'était pas d'ici. Sans compter les cinq années que j'ai passées à l'université de Fort Collins, j'ai toujours habité à Coda, alors je connais tout le monde en ville. Donc, soit il venait rendre visite à quelqu'un du coin, soit il était juste de passage. Notre ville n'était pas touristique, mais des gens tombaient sur nous de temps à autre, en cherchant des pistes où tester leur 4x4 ou sur le chemin de ces ranchs éducatifs plus loin sur la route.

En tout cas, il n'avait rien des pigeons quinquagénaires qui fréquentaient ce type de ranch. Il avait sûrement la trentaine. Il me dépassait d'une bonne demi-tête. Il devait donc faire un peu plus d'un mètre quatre-vingt, avec des cheveux noirs et courts comme ceux des militaires et sur les joues l'ombre d'une barbe de quelques jours. Il portait un jean, un tee-shirt noir et des bottes

1

de cowboy. Ses larges épaules, ses bras musclés montraient qu'il faisait de la musculation. Il était superbe.

— Elle roule, la Jeep dehors ?

Il avait la voix grave avec un léger accent traînant. Pas un accent du sud profond, mais les voyelles étaient un peu plus longues que pour un gars du Colorado.

— Et comment ! Elle roule à merveille.

— Hmm.

Il l'observait à travers la vitre.

— Pourquoi vous la vendez ?

— Pas moi. Ma belle-sœur. Ce serait trop dur de caser un siège bébé à l'arrière. Elle a acheté une Cherokee à la place.

Ma réponse eut l'air de le perdre un peu, ce qui me révéla qu'il n'avait pas d'enfant lui-même.

— Donc… elle marche bien ?

— À merveille. Vous voulez l'essayer ? J'ai les clés juste ici.

Il haussa un sourcil.

— Bien sûr ! Vous avez besoin d'une garantie ou quelque chose comme ça ? Je peux laisser mon permis.

Je pense qu'à ce moment-là, il aurait pu me convaincre de n'importe quoi. J'avais les jambes qui flageolaient un peu. J'essayai de déterminer si je voyais vraiment cette touche de vert dans ses yeux d'un gris métallique. J'espérais aussi avoir l'air décontracté lorsque je répondis :

— Je vais venir avec vous. Je connais les routes. On peut emprunter une des pistes les plus faciles pour que vous vous fassiez une idée de son maniement.

— Mais et le magasin ? Je m'en voudrais si vous manquiez de personnel durant les heures d'affluences.

Il montra du menton le magasin vide, réprimant visiblement un sourire.

— Votre patron va pas mal le prendre si vous vous absentez ?

J'éclatai de rire.

— Je suis un des propriétaires donc je peux me le permettre si je veux.

Je me tournai et lançai vers la réserve un : ' Ringo ! '

Un de nos employés sortit de l'arrière-boutique avec méfiance. Je l'ai toujours rendu nerveux. Si Lizzy n'était pas là, il mettait un point d'honneur à garder ses distances. Comme s'il s'attendait à ce que je lui fasse des avances. Il avait dix-sept ans, les cheveux noirs et filasses, la peau couverte d'acné et il était aussi épais qu'un fil de fer. Je n'avais pas le cœur de lui dire qu'il n'était pas mon genre.

— Ouais ?

— Garde la boutique. Je m'absente une heure environ.

Je me retournai vers mon grand et ténébreux étranger.

— Allons-y !

Une fois à l'intérieur de la Jeep, il me tendit la main.

— Je suis Matt Richards.

— Jared Thomas.

Sa poigne était ferme, mais il n'était pas de ces types qui avaient besoin de vous briser la main pour prouver leur virilité.

— Tournez à gauche. On va aller jusqu'au Rocher.

— Qu'est-ce que c'est ?

— Exactement ça : un gros rocher tout con. Rien de spectaculaire. Les gens vont là-haut pour pique-niquer. Et bien sûr, les ados y vont parfois pour être tranquilles ou triper.

À cette réponse, il fronça légèrement les sourcils. Je commençais à penser qu'il ne souriait pas beaucoup. Moi, au contraire, j'arborais un grand sourire. M'échapper du magasin, même quelques minutes, surtout pour aller du côté des montagnes, suffisait à illuminer ma journée. Le faire en compagnie du plus beau mec que j'avais vu depuis je ne sais même plus combien de temps, c'était la cerise sur le gâteau.

— Alors, qu'est-ce qui vous amène dans notre chère ville ? lui demandai-je.

— Je viens d'emménager.

— Vraiment ? Qu'est-ce qui vous a pris de vouloir faire ça ?

— Pourquoi pas ?

Son ton était léger, mais son expression restait sérieuse.

— Vous vivez bien ici, non ? C'est si terrible ?

— Eh bien, non. J'aime habiter ici. C'est pour ça que je ne suis jamais parti. Mais, bon… Vous savez, la ville se meurt. Il y a plus de gens qui partent que de gens qui s'installent. Les villes côtières sont en plein essor, personne ne veut vivre ici et faire le trajet jusque là-bas.

— Je viens d'être embauché par la police de Coda.

— … Vous êtes flic ?

Il arqua un sourcil et fit d'un ton amusé :

— Est-ce que cela pose un problème ?

3

— Euh, non, mais j'aurais aimé ne pas vous avoir parlé des gosses qui grimpent là-haut pour planer.

Il haussa à nouveau un sourcil et répondit avec légèreté :

— Ne vous inquiétez pas. Je ne leur dirais pas que c'est vous la balance.

Notre policier n'était pas sans humour.

— Donc, vous avez toujours habité ici ?

Il avait plus l'air de faire la conversation que d'être réellement curieux.

– Ouais. Sauf pendant mes années d'université.

— Et vous possédez le magasin ?

— Moi, mon frère et sa femme, ouais. Ça nous fait pas rouler sur l'or ou quoi que ce soit, mais on se débrouille. Brian est comptable et il a d'autres clients, donc il s'occupe surtout des comptes. Lizzy et moi, on gère la boutique.

— Mais vous êtes allé à l'université ?

Cette fois, il avait l'air sincèrement intrigué.

— Ouais, je suis allé à l'université du Colorado. J'ai un diplôme en physique et un certificat d'enseignant.

— Pourquoi n'enseignez-vous pas ?

— Je ne voulais pas laisser tomber Brian et Lizzy.

Ce n'était pas exactement ça, mais je ne voulais pas lui confier la vraie raison : que je n'avais pas envie d'affronter les conséquences d'être un professeur gay dans le lycée d'une petite ville.

— Qui d'autre s'occuperait du magasin ? On ne peut pas se permettre d'engager quelqu'un à plein temps. Enfin, on pourrait s'ils ne voulaient pas d'avantages sociaux mais c'est ça qu'ils veulent. Alors à la place, on a Ringo à temps partiel. De plus, on récupère la moitié de son salaire parce qu'il le dépense en pièces pour sa voiture, donc tout ça se combine bien.

Je me mis à rire.

— Ringo ! Ça ne peut pas être son vrai nom !

Mais je m'égarais.

— Désolé, je parle trop. Je dois vous ennuyer.

Il me regarda et répondit d'un ton sérieux :

— Non, pas du tout.

On était arrivés à la fin de la piste.

— Il va falloir que vous fassiez demi-tour ici.

Il arrêta la Jeep et regarda autour de nous, suspicieux. Il n'y avait aucune autre voiture.

— Je ne vois pas de rocher.

— C'est juste un peu plus haut. Vous voulez y aller ?

Son visage s'éclaira un peu.

— Et comment !

Nous avons remonté le sentier à travers les pins à bois dur, les sapins de Douglas et les peupliers Tremble qui bourgeonnaient à peine sur un des piliers montagneux ayant donné leur nom aux Rocheuses. Les montagnes du Colorado étaient pleines de ces immenses piles de pierres immobiles, rondes et recouvertes de sauge sèche et de lichen couleur rouille. Celle-là faisait à peu près six mètres de hauteur. Et en passant par la colline, on arrivait quasiment à son sommet à pied. Mais où serait le fun ? Ces rochers ne demandaient qu'à être escaladés.

Une fois en haut, nous nous sommes assis. La vue n'était pas si différente. On voyait le sentier jusqu'à la Jeep, mais à part ça, il y avait seulement plus d'arbres, plus de rochers et encore plus de montagnes. J'adore le Colorado, mais on trouve ce type de paysage dans des centaines d'endroits. Je fus surpris d'entendre Matt émettre un soupir satisfait. Lorsque je le regardai, je vis qu'il semblait impressionné.

— Qu'est-ce que j'aime le Colorado ! Je suis de l'Oklahoma. Ici, c'est cent fois mieux, croyez-moi.

Il se tourna vers moi et j'arrêtai un instant de respirer. Il plissait un peu les yeux à cause du soleil. Il avait le teint bronzé, les yeux pétillants. Il y avait bien une pointe de vert.

— Merci de m'avoir amené ici.

— C'est quand vous voulez.

J'étais sincère.

II

MATT PASSA au magasin le lendemain pour acheter la Jeep. C'était un samedi, en général un de nos jours les plus chargés, raison pour laquelle Lizzy et moi étions tous les deux au magasin.

— Ça vous dit de venir boire une bière avec moi ?

Il était rasé du matin et ça le rajeunissait. Bon sang, qu'il était attirant...

— J'adorerais, mais ce sera pour une autre fois. J'ai un dîner familial de prévu.

— Oh.

Il avait vraiment l'air déçu.

— Eh bien, peut-être une autre fois...

— Hé ! nous interrompit Lizzy souriant d'une oreille à l'autre. Pourquoi vous ne vous joindriez pas à nous ? C'est juste un dîner à la maison. On serait ravis de vous recevoir.

Il accepta et on se mit d'accord pour qu'il revienne au magasin peu après sa fermeture à 5 heures.

Après son départ, je fis soigneusement attention à ne pas regarder Lizzy qui se tenait à côté de moi avec le sourire le plus ridicule que j'avais vu depuis longtemps. Ses cheveux blonds volaient dans tous les sens quand elle bougeait et ses yeux bleus à cet instant brillaient d'excitation. Je suppose qu'elle est quelque part entre 'belle' et 'jolie comme un cœur'. Elle pourrait convaincre n'importe qui de lui décrocher la lune.

— Alors ? demanda-t-elle enfin.

— Alors quoi ?

Je savais que je rougissais et je me détestais pour ça.

— Tu sais quoi !

Elle me donna une tape sur le bras.

— Il est sexy ! Et il t'a invité à sortir. Tu n'es pas excité ?

6

Le fait était que je n'avais pas beaucoup d'amis. La plupart de mes copains de lycée étaient mariés avec des enfants. Ceux qui n'étaient pas mariés n'étaient tous que des fauteurs de troubles qui passaient leur nuit à boire au bar. Lizzy était probablement la meilleure amie que j'avais au monde et elle espérait toujours que je rencontre enfin quelqu'un.

— Je ne crois pas qu'il parlait d'un rendez-vous amoureux.

Son sourire faiblit un peu.

— Ah bon ?

— Tu trouves qu'il a l'air gay, toi ?

— Pas vraiment. Mais toi non plus, ça ne veut rien dire et tu le sais. Il voulait t'inviter à sortir et était déçu quand il n'a pas pu t'avoir à lui tout seul. À mon avis il est intéressé.

Son sourire était à nouveau rayonnant.

Je me sentis sourire à mon tour, et ce malgré moi.

— Je ne veux pas me faire trop d'illusions, mais je ne me plaindrais sûrement pas si tu avais raison.

LES GENS me demandent toujours à quel moment j'ai su que j'étais gay. Ils doivent se dire que j'ai eu une sorte de révélation, avec des lumières et une sirène hurlante, mais ça ne s'est pas passé comme ça pour moi. Ce fut plus une accumulation d'événements.

Je suppose que j'ai eu mes premiers indices à la puberté quand je me comparais à mon frère Brian, de deux ans mon ainé. Tandis qu'il accrochait aux murs des posters de Cindy Crawford et de Samantha Fox, j'en accrochais seulement de voitures et de l'équipe de foot américain de Denver, les Broncos. Je savais qu'il trouvait les filles attirantes et fascinantes d'une façon qui m'était inconnue, mais je n'y prêtais pas trop attention.

Un weekend, j'avais alors quinze ans, mon père est allé à un match des Broncos et m'a rapporté un poster qui montrait l'équipe entière avec les pom-pom girls arrangées autour des joueurs dans des positions provocantes. Brian m'a aidé à l'accrocher, et nous sommes restés quelques minutes à le détailler.

— Qui a l'air le plus sexy d'après toi ? m'a demandé Brian.

— Steve Atwater, ai-je répondu sans même réfléchir.

Il a ri, mais c'était un rire nerveux, comme s'il ne savait pas si je plaisantais ou pas. Quand je me suis tourné vers lui, il m'a fixé, d'un air qui allait me devenir familier, où humour, confusion et inquiétude se mélangeaient. J'étais embarrassé. J'ai compris que je n'avais pas donné la bonne réponse. Mais je ne savais pas vraiment pourquoi.

— Non, a-t-il corrigé, je veux dire, laquelle des pom-pom girls ?

À dire vrai, je les avais à peine remarquées.

Bientôt, mes amis se sont mis à échanger des revues érotiques, en ricanant et les mains tremblantes. Je ne savais pas exactement ce qu'ils ressentaient quand ils les regardaient, mais de toute évidence c'était autre chose qu'un léger embarras, contrairement à moi.

Il a fallu que je rencontre Tom pour comprendre à quel point j'étais différent. Tom jouait au football avec mon frère Brian. Ils étaient meilleurs amis. J'avais seize ans, eux dix-huit. À partir du moment où il est entré dans la maison à la suite de mon frère, je suis tombé sous son charme. Je pouvais à peine lui parler et n'arrivais pas à détacher les yeux de lui. Son rire suffisait à provoquer chez moi des réactions physiques qui me forçaient à toujours garder un livre à portée de main pour me couvrir rapidement. Je marchais sur une corde fragile qui oscillait entre désirer le voir le plus possible et vouloir être invisible. Brian me regardait, une fois de plus avec ce même air, celui qu'il avait eu le jour où le nom de Steve Atwater m'avait échappé : inquiétude, confusion, gêne. Je les ai vus partir pour l'université après l'obtention de leur diplôme de fin de lycée avec un certain soulagement.

Après ça, j'en ai été sûr, même si je ne l'ai dit à personne. J'ai feint de ne rien savoir durant le lycée et prétendu être normal. Je n'ai jamais essayé le football américain parce que les complications que cela pourrait entraîner dans les vestiaires m'effrayaient, rien que mon imagination m'effrayait. Je suis sorti avec quelques filles, mais c'était surtout en groupe ; on se tenait la main quelques fois, on s'embrassait même. Ces baisers étaient, pour moi du moins, complètement dénués de magie ou de frissons, limite perturbants, et ce n'est jamais allé plus loin.

Une fois arrivé à l'université, loin de chez moi, je me suis finalement permis d'expérimenter. J'ai rencontré des mecs en boîte ou à la salle de sport et j'ai eu quelques aventures sans lendemain. Je n'ai jamais éprouvé ce qu'on pourrait appeler l'amour, mais je savais après tout cela, sans l'ombre d'un doute, que j'étais gay.

Il va sans dire, que jamais je n'avais prévu d'atteindre la trentaine et d'être toujours célibataire. Être gay dans une ville aussi petite n'est pas facile. Le Colorado n'est pas exactement le rendez-vous des homos. Ce n'est pas impossible d'en trouver, mais ce n'est pas San Francisco non plus. Ici, la plupart des gens me connaissent, et si une majorité m'accepte, certains détournent encore le regard quand je passe à côté d'eux à l'épicerie ou refusent que je les serve quand ils viennent au magasin. Les chances de trouver un partenaire à Coda étaient presque nulles, alors que les chances de finir seul me semblaient terriblement élevées.

III

CE SOIR-LA, Matt rencontra ma famille. Lizzy rentra du travail plus tôt, sous prétexte de préparer le dîner à l'avance, mais je pense qu'en réalité elle voulait mettre Brian et Maman au courant avant qu'on arrive. Brian, bien sûr, fut courtois. Maman le jaugea du regard mais sembla aimer ce qu'elle voyait.

— Est-ce que vous faites du VTT en montagne ? lui demanda-t-elle à un moment de la soirée.

— J'ai vendu mon vélo avant de venir ici. J'aime faire du VTT, mais dans l'Oklahoma il n'y a pas vraiment de montagnes. Pourquoi ?

— Jared est là-haut avec son vélo dès qu'il a un jour de congé. Tout seul. Je n'arrête pas de lui dire que ce n'est pas prudent. Et s'il lui arrivait quelque chose ?

— Arrête, Maman, calme-toi. Est-ce que je me suis déjà fait mal ?

— À chaque fois !

Et voilà, on était reparti pour un tour. Je résistai à l'envie de lever les yeux au ciel.

— Maman, quelques bosses et bleus ne comptent pas.

— Mais tu ne portes même pas de casque !

Elle commença à se lamenter. Je détestais qu'elle tente de me culpabiliser, mais je haïssais encore plus les casques.

— J'en porte sur les pistes les plus difficiles. J'aimerais que tu arrêtes de t'inquiéter autant.

— Mais il n'y a personne avec toi si jamais il t'arrive quelque chose.

— Parles-en à ton autre fils, Maman, la taquinais-je. C'est lui qui refuse d'en faire avec moi.

— Je n'arrive pas à suivre ! répliqua Brian, les mains levées comme pour se rendre.

— De toute façon, interrompit Lizzy, ce ne sont pas ces pistes qui m'inquiètent. Cette ville me fait bien plus peur avec ces cinglés d'automobilistes qui téléphonent au volant et ne regardent pas où ils vont.

Elle agitait son index dans ma direction. Ce n'était pas la première fois que j'entendais cette tirade.

— Tu vas au travail à vélo tous les jours et tu ne portes jamais ton casque. Ce n'est pas prudent. Je parie que Matt pourrait te raconter toutes sortes d'horribles accidents impliquant des cyclistes sans casque. Pas vrai, Matt ?

Ce dernier avait l'air amusé.

— J'en sais suffisamment pour ne pas interférer avec ce type de disputes familiales.

— Brian, suppliai-je, sauve moi de ta femme !

Brian éclata de rire mais eut pitié de moi et changea le sujet.

— Dîtes-moi, Matt, vous êtes fan de football ?

— Quelle question !

— Vous êtes de l'Oklahoma ? Supporter des Cowboys ?

Il sourit légèrement et je sentis qu'il s'apprêtait à nous surprendre.

— Je soutiens les Chiefs.

— Oh non !

Des cris fusèrent de toute la table. Lizzy se mit à le mitrailler de morceaux de pains. On est des purs supporters des Broncos dans la famille, alors annoncer son soutien à nos rivaux, les Chiefs, c'était l'équivalent d'une hérésie.

— Jared, tu devrais avoir honte d'amener un fan des Chiefs dans ma maison ! Je devrais vous jeter tous les deux dehors ! hurla joyeusement Brian.

— Et il avait l'air d'un si gentil garçon … ajouta maman d'un air triste, mais une lueur malicieuse dans le regard.

— Hé, je ne savais pas ! Je pensais que quiconque d'assez intelligent pour venir vivre dans le Colorado saurait reconnaître la meilleure équipe !

— Allez, dit Matt, tout le monde se calme, maintenant. Vous, les fans des Broncos, vous êtes si coincés !

Cela lui valut une deuxième tournée de huées et Lizzy lui lança un autre bout de pain. Il l'attrapa au vol et me la lança dessus.

— Vous savez, ça pourrait être pire. Au moins je ne soutiens pas les Raiders.

Bien sûr, tout le monde ne put qu'agréer.

Juste après le dîner, maman rentra chez elle. J'envoyai Matt sur la terrasse tandis que j'allais chercher des bières dans la cuisine. Lizzy m'accueillit avec un énorme sourire.

Je tentai de l'ignorer et demandai :

— Vous nous rejoignez dehors ?

— Bien sûr, commença à répondre Brian, dès que…

— Non ! l'interrompit Lizzy avec une tape légère sur l'épaule. Non. Nous, on va donner aux garçons un peu de temps seuls tous les deux.

— Ah.

Brian eut l'air un peu troublé par cette perspective. Je me remémorai soudain l'incident Steve Atwater. Apparemment, savoir que j'étais gay était une chose, mais c'était la première fois qu'il avait vraiment à m'imaginer avec un partenaire potentiel. Je n'avais jamais eu de copain suffisamment sérieux pour le présenter à ma famille.

— Lizzy, je ne pense pas que ce soit nécessaire. Je suis presque certain que ce n'est pas ce qu'il a en tête, tu sais.

— Je n'en serais pas aussi certaine. Vous ne vous êtes pas quittés des yeux de toute la soirée. Je vais monter et Brian va débarrasser.

— Et qu'est-ce que je suis censé lui dire ?

— Tu plaisantes ? Dis-lui que la femme enceinte s'est sentie fatiguée et a eu besoin d'aller s'allonger. Ce n'est même pas un mensonge. Je suis épuisée. Mais…

Elle me menaça du doigt.

— Je veux un rapport complet demain matin.

Deux bières plus tard, j'étais totalement détendu. Nous étions affalés dans les chaises du patio, profitant d'une nuit assez clémente pour la saison.

— Donc… Tu es marié ? lui demandai-je

— Oh que non.

— Divorcé ?

— Non plus.

— As failli te marier ?

— Non.

Voilà qui semblait un peu étrange. À notre âge, je me serais presque attendu à une occasion ratée. À moins que…

— Pourquoi pas ?

Il commençait à avoir l'air mal à l'aise et se mit à gratter l'étiquette de sa bouteille de bière.

— Je suppose que je n'ai pas trouvé une fille qui m'en a donné envie.

12

— Et tu l'as éprouvé pour un homme ?

Ces mots m'échappèrent avant que je puisse les stopper. Et bien sûr, j'avais vraiment envie de savoir.

— Quoi ? Non !

Il avait l'air inquiet et un peu énervé.

— Bien sûr que non. Comment peux-tu me demander ça ?

L'étincelle d'espoir que Lizzy avait éveillée en moi s'éteignit.

— C'était juste une question, pas de quoi t'inquiéter. Désolé d'avoir abordé le sujet.

— Je ne suis pas gay !

— D'accord.

— Pourquoi ?

On aurait dit un défi.

— Tu l'es ?

— Oui.

Il l'aurait appris tôt ou tard de toute façon.

Il eut l'air pris de court. Il fronça les sourcils, me dévisagea.

— Tu l'es ? Je veux dire, je plaisantais. Je ne pensais pas vraiment que tu dirais oui.

Je laissai échapper un rire un peu mal à l'aise.

— Eh bah, c'est le cas.

Je le regardai droit dans les yeux.

— Ça te pose un problème ?

— Eh bien…

Au moins, il eut le bon sens de s'interrompre et de réfléchir avant de parler. Il jouait à nouveau avec l'étiquette de sa bouteille.

— Je ne sais pas. Je n'ai jamais…

L'étiquette se décolla et il sembla perdu, comme s'il ne savait pas quoi faire avec maintenant qu'il l'avait détachée.

— Tu sais, ce n'est pas contagieux, le taquinai-je à présent, en espérant qu'il le comprendrait.

Mais j'étais presque sûr qu'il ne me demanderait plus jamais d'aller dîner ou boire un verre avec lui.

— Je sais. Bien sûr que je le sais.

Il soupira et la tension dans ses épaules disparut un peu. Il secoua la tête.

— Je me conduis comme un imbécile. Ça ne me regarde pas, avec qui tu couches.

Une pause et puis :

13

— Juste, je voudrais que tu saches…

Nos regards se croisèrent à nouveau.

— Moi, je ne le suis pas.

Je souris.

— Hé, ce n'est pas comme si j'allais t'embrasser.

Bien que justement, cette idée fut suffisante pour que mon sang s'accélère dans mes veines. Mais apparemment, c'était tout ce qu'il avait besoin d'entendre pour que le reste de la tension qui l'habitait le quitte dans un soupir.

— Bref, de toute façon, aucun gars du Colorado qui se respecte ne sortirait avec un supporter des Chiefs.

Cela le fit rire et après ça, nous étions de retour sur un terrain moins dangereux. Cette conversation semblait avoir été oubliée.

LIZZY M'APPELA à la première heure le lendemain matin.

— Alors ? Que s'est-il passé ?

— Il est hétéro.

— Oh.

Elle avait l'air aussi déçu que moi.

— Tu es sûr ?

— Il était assez catégorique, oui.

— Oh Jared, dit-elle avec sincérité. Je suis tellement navrée !

— C'est bon, Lizzy. Vraiment. Je le connais à peine. Ce n'est pas comme si j'étais amoureux.

— Je sais, mais tu avais l'air si bien, hier soir. Je voulais juste que tu sois heureux.

— Je sais, Lizzy. Je ne vais pas prétendre que je n'espérais pas qu'il soit gay. Mais il est hétéro, et c'est tout, il n'y a plus rien à dire. Je survivrai.

IV

— VA TE faire couper les cheveux, espèce de clodo !

Lizzy me harcelait à nouveau à propos de mes cheveux. C'était un de ses sujets favoris.

— Sérieusement, Jarhead, je ne sais pas quel style c'est censé être, mais c'est passé de mode.

Je ne suis pas un Marine. Mais Lizzy trouve amusant de m'appeler 'Jarhead', le surnom donné aux membres des Marines, quand elle trouve que je suis particulière buté. Ce qui arrive souvent.

Elle adore me houspiller au sujet de la longueur de mes cheveux. La vérité, c'est que me couper les cheveux est assez problématique. Il y a seulement deux endroits à Coda où l'on peut aller chez le coiffeur. Il y a Gerri, le barbier, où vont la plupart des hommes en ville. Mais Gerri est de l'ancienne école et un de ceux qui me traite comme un paria, alors je ne peux pas m'y rendre. Ensuite, il y a le salon de beauté de Sally, où vont la plupart des femmes. J'y suis allé plusieurs fois, mais ça a été une expérience horrible. Les filles semblaient toutes penser que sous prétexte que je suis gay, je voulais échanger des potins avec elles, discuter de qui couchait avec qui ou débattre des qualités de Brad Pitt contre celles de Johnny Depp – aucun des deux n'étant mon genre. Une fois, j'ai laissé Lizzy me couper les cheveux, mais ça avait été un désastre complet, que ni Lizzy, ni moi ne voulions réitérer.

Mes cheveux blonds sont épais et naturellement bouclés. S'ils sont trop courts, je frise comme un mouton. Si je les laisse pousser, mes boucles pendent. J'aurais pu les raser, mais ça me semblait demander trop d'entretien. C'est comme ça que j'ai fini avec une crinière de boucles. Même si je dois admettre que ça ressemble plus à une vieille serpillère. Au magasin, j'essaie de les attacher. Si je tire mes cheveux en arrière, ils sont juste assez longs pour que l'élastique tienne. Mais à la fin de la journée, la moitié s'en sera échappée.

— Lizzy, j'aime mon style hirsute. Comme ça, toi et moi on est assortis, tu vois ?

Ses cheveux sont à peu près de la même couleur que les miens, mais plus longs, et ses boucles font de légères vagues. Elle les rejeta par-dessus son épaule et me fit un doigt d'honneur avant de se tourner vers Ringo.

— Ringo, dit à Jared qu'il doit se couper les cheveux !

Ringo, assis au comptoir, leva les yeux de ses devoirs avec un petit air paniqué. Lizzy le laissait étudier du moment qu'il n'y avait pas de clients.

— Hein ? C'est à moi que tu parles ?

Elle leva les yeux au ciel, amusée.

— Franchement ! Personne ne m'écoute. Qu'est-ce qui te perturbe comme ça ?

— Algèbre niveau confirmé.

Il laissa tomber son crayon sur son livre et repoussa ses cheveux en arrières à l'aide de ses deux mains.

— Comment on peut arriver à faire ce truc ?

— Tu vas y parvenir, le rassura Lizzy.

— Comment ? Je n'y comprends rien. Et mon professeur se contente de suivre le livre. Mes parents ne peuvent pas m'aider. Personne ne peut me l'expliquer de façon à ce que j'y comprenne quelque chose.

Il ramassa son crayon et appuya la tête sur sa main alors qu'il s'y remettait.

— Je déteste l'algèbre.

— Jared peut t'aider.

— Quoi ?

Ringo et moi crièrent d'une même voix. J'étais horrifié qu'elle ose même le suggérer et il était évident que lui aussi, à en juger par son expression.

— Jared est vraiment bon en maths. Il est censé être prof de physique, non ?

Elle me lança un regard perçant dont je me détournai.

— Peut-être qu'il peut te donner des cours particuliers.

— Peut-être…

Ringo avait l'air assez sceptique. Je restai silencieux.

Lizzy partit peu après puisque c'était elle qui avait ouvert la boutique ce jour-là. Nous n'eûmes pas beaucoup de clients cet après-midi-là alors Ringo passa la moitié de son temps à tenter de résoudre ses problèmes de maths. Il n'arrêtait pas d'effacer pour réécrire ses réponses et je devinais sa frustration.

De temps en temps, il me jetait un coup d'œil et je savais qu'il hésitait à me demander de l'aide. Je fis semblant de ne rien voir.

Enfin, alors que je fermais la caisse, il dit d'une voix incertaine:

— Jared, tu sais vraiment tous ces trucs ?

— Oui, vraiment.

— Qu'est-ce qu'elle voulait dire par 'censé être professeur' ?

— C'est ce que j'avais prévu de faire quand je suis allé à l'université.

— Alors pourquoi tu ne l'as pas fait ?

J'aurais pu lui donner la même réponse que j'avais déjà donnée à Matt, mais je ne sais pourquoi, je lui dis la vérité.

— Pour la même raison que tu ne veux pas que je te donne de cours particuliers. Certaines personnes pensent que parce que je suis gay, je vais agresser chaque jeune garçon qui va croiser mon chemin.

Il resta silencieux pendant plusieurs secondes, et je compris que je l'avais embarrassé. Je me sentis un peu coupable, mais ce n'était pas comme si je pouvais effacer mes paroles.

— C'est ce que dit mon père.

Ses joues étaient écarlates et il refusait de me regarder.

— Il dit que je ne dois pas rester seul avec toi dans le magasin. Je lui ai dit que Lizzy est toujours là. Il ne sait pas qu'elle s'en va parfois.

Mes mains tremblèrent un peu, j'essayai de me retenir de frapper quelque chose.

— Je ferais bien attention à garder mes distances, alors.

— Le truc, c'est que tu n'as jamais essayé quoi que ce soit avec moi. Je ne t'ai jamais vu faire des avances à personne.

— Gamin, je suis gay. Je ne suis pas pervers et je ne suis pas pédophile.

— Je ne suis pas un gamin ! protesta-t-il, indigné.

Je pris une grande inspiration pour me calmer. Bien sûr, à dix-sept ans il croyait qu'il n'était plus un enfant, même s'il l'était pour moi.

— Je sais. Je dis juste que le fait que je sois gay ne veut pas dire que je suis incapable de me contrôler. Ou que je n'ai pas de critères. Est-ce que tu flirtes avec chacune des filles que tu croises ? Même celles qui ont quatorze ans ? Ou celles qui sortent avec d'autres mecs ?

D'accord, il venait juste d'avoir dix-sept ans. C'était peut-être un mauvais exemple.

— Et Lizzy ? Elle aime les hommes elle aussi, mais tu n'as pas l'air inquiet à l'idée qu'elle te fasse des avances.

Je voyais presque les rouages de son cerveau se mettre en route pendant qu'il y réfléchissait. Il finirait pas comprendre, ou pas, mais je n'avais pas envie de continuer à jouer les prêcheurs.

— Laisse tomber, Ringo. Je vais fermer les portes. Éteins les lumières quand tu partiras.

— Jared, attend !

Je me retournai. Il se mordait la lèvre et tapait nerveusement son crayon contre son livre, mais au moins il me regardait.

— Je ne vais jamais avoir la moyenne dans ce cours sans aide. Je ne peux pas te payer, mais je ferais des heures supplémentaires si tu me donnes des cours.

— Et ton père ?

Il haussa les épaules.

— Il veut que je réussisse. Je trouverai une solution.

Ce changement soudain d'attitude me surprit un peu. Peut-être que j'avais vraiment réussi à le toucher. Ou peut-être qu'il était à ce point désespéré à l'idée d'échouer dans cette matière. De toute façon, j'étais surpris de trouver que l'idée de lui donner des cours ne m'était pas aussi épouvantable que je l'avais tout d'abord pensé. J'étais même un peu impatient d'avoir quelque chose de différent à faire. Ce serait peut-être même amusant.

Amusant ?

Voilà qui était une preuve assez triste de l'état de ma vie sociale. Passer mon temps assis au comptoir d'une quincaillerie qui vendait aussi des pièces de voitures n'était pas exactement le travail le plus stimulant. Au moins, j'aurais l'occasion de dérouiller une partie de ma matière grise pour le moins négligée.

Ringo me regardait toujours, attendant ma réponse. Pourquoi pas ?

— D'accord, gamin. Voyons où tu en es.

V

RINGO S'AVÉRA être bon élève. Il avait la mauvaise habitude d'ajouter les nombres dans des équations au lieu de s'occuper des variables, mais une fois cette manie corrigée, il commença à faire des progrès. Il était aussi un peu handicapé par sa fierté. Il me disait souvent qu'il comprenait les choses avant de vraiment les comprendre, mais il n'abandonnait jamais. Je l'aidais depuis quelques semaines quand Matt vint au magasin.

— Bonjour Jared ! lança-t-il en entrant. J'espérais t'attraper avant que tu partes.

Je ne l'avais pas revu depuis cette soirée chez Lizzy, quand il avait découvert que j'étais gay. Je m'étais attendu à ne plus avoir de nouvelles de lui.

Aussitôt, Lizzy feignit un immense intérêt pour une étagère de filtres à huile. Je savais qu'elle essayait d'entendre chaque mot en prétendant le contraire.

— Je te dois toujours un dîner et une bière. Qu'est-ce que tu en dis ?

Il jeta un coup d'œil à Lizzy.

— Vous êtes la bienvenue si vous voulez vous joindre à nous, bien sûr.

— Qui ? Moi ?

Elle trouva le moyen d'avoir l'air à la fois embarrassée et nerveuse à l'idée de s'être fait surprendre à espionner notre conversation.

— Non. Brian m'attend et je n'ai pas le droit de boire jusqu'à la naissance du bébé. Amusez-vous sans moi.

Nous descendîmes la rue jusqu'au Mamacita, le seul et unique restaurant mexicain.

— Tu es sûr que ça ne te gêne pas ? lui demandai-je avant qu'on entre.

— Que quoi me gêne ?

— C'est une petite ville. Les gens vont te voir avec moi et ils vont en tirer des conclusions hâtives.

Il fronça légèrement les sourcils et je réalisai qu'il n'y avait pas pensé avant. Puis il haussa les épaules.

— On ne fait que dîner.

— D'accord. Mais ne dit pas que je ne t'ai pas prévenu.

Une fois installés, notre serveuse, Cherie, vint prendre notre commande.

— Jared, qui est ton ami ? demanda-t-elle.

Cherie et moi avons passé toute notre scolarité ensemble, jusqu'au lycée. À cette époque, elle était magnifique, blonde, les yeux marron, des formes juste là où il fallait. Elle l'est toujours, je suppose, mais la vie a laissé des traces. Un peu de son charme s'est envolé, mais elle ne l'a pas complètement perdu. Elle a été marié et a divorcé deux fois, les deux fois avec Dan, un des voyous du coin. D'après les rumeurs, Dan aimait la battre quand il buvait, donc la majorité du temps. Elle avait même fini à l'hôpital une fois. Elle a au moins été assez intelligente pour le quitter. Deux fois. Ils n'avaient pas d'enfants, ce qui était une bénédiction selon moi.

— Cherie, voici Matt. C'est un des nouveaux policiers de Coda.

Je songeai que Matt rencontrerait sans doute son ex-mari d'ici peu. Il s'attirait toujours des ennuis pour une raison ou pour une autre.

— Matt, voici Cherie. Elle est…

Pleine de problèmes ? Désespérée ? Seule ?

— Une vieille amie, terminai-je assez pitoyablement.

— Je suis si contente de vous rencontrer !

Elle papillonnait quasiment des yeux. Quelque chose me disait qu'on serait servis comme des rois, ici.

Il la reluqua clairement lorsqu'elle s'éloigna.

— Alors… reprit-il après son départ. Est-ce que vous êtes sortis ensemble tous les deux ?

Je ris.

— Non.

— Tu n'es jamais sorti avec une seule fille ?

Oh non. Pas cette conversation. Pourquoi est-ce qu'on en revenait toujours à ça ?

— Non, je ne suis jamais sorti sérieusement avec une fille.

— Donc, tu n'as jamais…

Il ne termina pas sa phrase, mais ce qu'il voulait dire était évident.

— Non. Jamais avec une fille.

— Mais alors, comment est-ce que tu sais… ?

Je ne pus m'empêcher de lever les yeux au ciel.

— Je le sais, c'est tout. Le fait que je n'en ai jamais eu envie est un assez gros indice.

Cherie revint avec nos verres, adressant un sourire rayonnant à Matt. Il ne sembla rien remarquer. Quand elle s'en alla à nouveau, il dit :

— Je suis désolé. Ce ne sont pas mes affaires.

— T'inquiète. Les gens pensent souvent que si on voulait bien essayer, peut-être qu'on aimerait. Mais pour moi du moins, ça ne marche pas comme ça.

— Pour d'autre, oui ?

— Je ne sais pas. De toute évidence, il y a des gars qui aiment les hommes mais qui sont capables de se marier et d'avoir des enfants. Ce doit être différent pour eux. Je ne peux pas vraiment dire. Je sais juste que je n'ai jamais voulu essayer. Les femmes ne m'attirent pas.

— Intéressant.

Il rougissait un petit peu.

— Et que fais-tu, tu sais, des conséquences religieuses ?

— Tu me demandes si je pense que c'est un péché ?

— Je suppose, oui.

— Je ne crois pas en Dieu, donc non. Une fois que tu le retires de l'équation, c'est juste une affaire entre deux adultes consentants.

Tout de suite, je vis que ça l'avait mis mal à l'aise.

— Mais tu ne crois pas en Dieu du tout ?

Il n'avait pas l'air offensé par cette idée, juste surpris.

— Pas vraiment. Je n'ai pas été élevé comme ça. Mon père était athée. Ma mère, eh bien, on pourrait dire qu'elle est agnostique avec des penchants bouddhistes, si tu vois ce que je veux dire.

Son expression me dit qu'il ne voyait pas.

—J'imagine qu'il est possible qu'il y ait quelque part, quelque chose de semblable à une divinité. Quelque chose qu'on ne peut même pas commencer à expliquer. Mais je ne peux imaginer qu'il, ou cette divinité, se préoccupe tant que ça de qui occupe mon lit.

Il semblait plutôt perplexe qu'opposé à mon raisonnement.

— Peut-être. Je ne sais pas. Je ne suis pas une grenouille de bénitier ni rien, mais j'ai toujours cru que ça devait être vrai. Ma famille est baptiste. On ne va pas à l'église souvent mais on dit toujours les bénédicités. Ce genre de choses. Je n'y ai jamais vraiment réfléchi. Comment autant de gens peuvent se tromper ?

— Le nombre de personnes qui croient en une chose n'a aucun impact sur sa réalité.

Il était toujours en train d'y réfléchir quand Cherie apporta nos plats.

— Besoin d'autre chose, mon chou ?

Elle ne me lança même pas un regard. Il commanda deux bières.

Je décidai que c'était à mon tour de poser les questions.

— Et toi ? Tu n'as jamais été attiré par un autre mec ?

Ses joues s'embrasèrent, le résultat était magnifique.

— Non. Jamais.

Mais pour moi, ça avait l'air d'un mensonge. Il avait répondu un peu trop vite et brutalement. Selon mon expérience, les hommes qui sont vraiment hétéros n'ont pas à se défendre avec autant de ferveur.

— C'est rien, tu sais ? Tu peux reconnaître que tu es parfois attiré par des hommes. Ça ne diminue pas pour autant ta virilité.

— Non !

Pas en colère mais un peu agacé.

— D'accord. Tu as fait du sport au lycée ?

On aurait pu croire que je le laissais s'en sortir facilement, mais je n'en avais pas encore fini.

— De la lutte.

Parfait ! Bien sûr, j'essayai alors de l'imaginer dans un de ces petits justaucorps moulants que portent les lutteurs.

— Et quand tu faisais de la lutte, que tu te roulais par terre avec un autre gars, tu n'as jamais été excité ?

— Ce n'est pas la même chose.

Pour être franc, il m'a pris de court. Je m'étais attendu à ce qu'il nie tout.

— Ah non ?

— Non. C'est arrivé à tout le monde un jour ou l'autre. Ça ne veut rien dire. On portait tous des protections, ce n'est pas comme si l'autre gars pouvait le savoir. J'ai juste, tu sais, pensé à du baseball ou autre chose jusqu'à ce que ça passe tout seul.

Il reprenait désormais son sang-froid, recommençait ses plaisanteries habituelles.

— Ça t'a aidé, de penser à des joueurs de baseball ?

Je souris alors, certain qu'il savait que je le taquinais.

22

— Peut-être pas, mais penser au reste de l'équipe me bottant le cul faisait généralement l'affaire.

— Oui, je suppose que oui !

Nous finîmes de dîner avant de retourner au magasin. Malgré ce sujet de conversation épineux, on était retombés plutôt facilement dans une conversation assez tranquille.

— Alors, pourquoi es-tu devenu flic ?

— Ça me semblait la chose à faire. Mon devoir. Protéger et servir. Dieu et ma patrie. Toutes ces conneries.

— Dieu et la patrie ? Tu fais partie des Marines ou quoi ?

Il fronça à nouveau les sourcils. J'aurais vraiment aimé qu'il soit du genre à sourire plus. J'aurais parié que son sourire était magnifique.

— Non, mon père en faisait partie, cela dit. J'étais censé en être un aussi. Je ne pense pas qu'il me pardonnera un jour de ne pas avoir rejoint l'armée. J'ai rejoint le corps d'entraînement des officiers de réserve, mais c'était loin d'être assez pour lui. Tous, mon père, mon oncle, mon grand-père, ils étaient tous dans l'armée. Ils ne comprendront jamais pourquoi je n'ai pas voulu de cette vie. En ce qui le concerne, c'était mon devoir et j'ai échoué.

Bon sang, ça expliquait beaucoup de choses ! Il eut l'air embarrassé, et j'avais la nette impression qu'il n'avait pas vraiment prévu de me confier tout ça. Je ne fus pas surpris quand il changea soudain de sujet.

— Tu as déjà fait du géocaching[1] ? me demanda-t-il.

— Non. J'en ai déjà entendu parler, mais je n'ai pas de GPS.

— Je pensais essayer le week-end prochain. Tu veux te joindre à moi ?

— Bien sûr.

J'essayais de me dire que ce n'était pas une sortie romantique. Juste une sortie entre amis. Et pour être franc, avoir un pote était sympa. Lizzy et Brian était supers, mais je me sentais toujours très seul. La seule idée d'avoir un ami avec qui passer du temps me plaisait. Il valait mieux en profiter avant qu'une des célibataires de la ville commence à monopoliser tout son temps libre.

— Ça a l'air marrant.

— Super ! Je passerai te prendre à 10 heures samedi.

Lizzy ne m'en voudrait sûrement pas si je prenais un jour de repos.

Je lui indiquai le chemin de ma maison et passai le reste de la semaine à compter les heures, sans jamais cesser de me maudire d'être aussi bête.

---

[1] NDT : Chasse au trésor au niveau mondial utilisant le géopositionnement par satellite.

VI

IL ARRIVA chez moi à 9 heures et quart samedi. Je ne l'attendais pas si tôt. Je n'étais pas rasé et portais seulement un boxer. Il haussa un sourcil.

— Peu dormi ? plaisanta-t-il.

— Non, pas du tout. Je suis juste un bon à rien et tu es en avance. Entre.

— Je n'interromps rien n'est-ce pas ? demanda-t-il en jetant un coup d'œil vers la chambre.

Je me mis à rire.

— Mon Dieu, si seulement ! Pour moi, la seule possibilité dans cette ville est M. Stevens, le prof de la fanfare du lycée. Et il a au moins trente ans de plus que moi. Je n'ai jamais été désespéré à ce point.

— Heureux de l'entendre.

Il se dirigea vers la cuisine.

— Tu as du café ou un truc du genre ?

— Oui. Fais comme chez toi. Donne-moi juste une minute pour m'habiller.

De ma chambre, j'entendis le réfrigérateur s'ouvrir, et lui s'écrier :

— Mais tu n'as donc rien à manger ?

— Il y a de la nourriture dans le frigo !

— Je vois du lait, de la bière, un fromage, deux plats à emporter, trois… non, attends… quatre pots de moutarde !

— Tu vois, lait, bière et fromage : les trois aliments de base, répliquai-je en entrant dans la cuisine. Je n'ai pas dit que mon frigo était plein. Je ne sais pas vraiment cuisiner.

— Moi non plus. Mais j'ose dire que mon frigo se porte mieux que ça.

Il le referma puis se tourna vers moi, se frottant les mains à l'avance.

— Faisons un arrêt à l'épicerie pour acheter des sandwichs à emporter avec nous. Je meurs déjà de faim.

Je n'étais pas certain que notre vendeur de sandwichs – on ne pouvait pas vraiment parler d'épicerie – soit déjà ouvert, mais on pouvait au moins passer à la supérette.

— Tu es prêt ? s'enquit-il.

— Fin prêt.

— Génial. Allons chercher à manger alors, hum…

Pourquoi avait-il l'air si troublé ?

— Il faudra faire un arrêt pour prendre Cherie au moment de partir.

J'ai eu l'impression de recevoir un coup de poing.

— Cherie ?

Il eut au moins la décence de prendre un air misérable.

— Je sais. Le truc c'est qu'il y a quelques nuits, on a eu un appel pour violence conjugale. Il s'est avéré qu'il s'agissait de sa maison. Son abruti d'ex-mari, comment s'appelle-t-il déjà ?

— Dan Snyder.

— C'est ça. Il était là. Tellement saoul qu'il tenait à peine debout. Elle pleurait, et il criait, la traitait de tous les noms. J'aurais juré qu'il l'a frappé mais elle a prétendu que non. Sur ce genre d'appel, on doit prendre l'un des deux en garde à vue, on l'a arrêté lui. Et les choses ont empiré… Bref, elle a réussi à me retrouver le jour suivant. Elle est venue chez moi, bon sang… Elle a dit qu'elle voulait me *remercier*, alors si je voulais venir dîner chez elle ? Elle ne semblait pas prête à accepter non comme réponse. J'ai donc accepté qu'elle nous accompagne aujourd'hui à la place. Ça semblait beaucoup plus sûr que me retrouver seul chez elle.

Il soupira, puis me regarda, un sourcil haussé, le coin de sa bouche légèrement relevé. Je réalisai alors que pour lui c'était l'équivalent d'un sourire.

— Considère-toi comme notre chaperon.

— Tu as besoin de moi pour défendre ta vertu ?

J'essayais de ne pas sourire.

— Plus mon indépendance que ma vertu.

— Je suis le défenseur de ton indépendance ?

Il me fit un clin d'œil.

— Exactement.

Je ne pus que rire.

— Génial ! J'ai toujours voulu combattre pour la liberté. Mais tu me devras une bière en échange !

Il eut l'air immensément soulagé.

— Promis.

Je me sentis un peu mieux en sachant que la voir ne l'intéressait pas trop. Il fut évident, lorsque nous vînmes la chercher, que Matt n'avait pas vraiment précisé qu'ils ne seraient pas seuls. Elle n'était pas plus heureuse de me voir que je l'étais de la voir. Pourtant, elle sembla déterminée à faire que cela se passe au mieux. Je sortis de la Jeep et fit mine de monter à l'arrière.

— Jared, ne soit pas ridicule. Grand comme tu es, tu seras mal comme tout derrière. Ça ne me pose aucun problème de m'y mettre.

Je suppose que la chevalerie est vraiment morte parce que je ne protestai pas. De toute évidence elle ne me considérait pas comme un rival. Mais pourquoi le ferait-elle ? Je dus me rappeler que je n'en étais pas un. Elle se plaça au milieu de la banquette afin de s'appuyer facilement entre les sièges et nous parler, puis nous partîmes.

On avait les coordonnées GPS de la cachette. Ça plus notre GPS à la main, nous pensions qu'il serait facile de la trouver. Mais en vérité, y accéder s'avéra étonnamment difficile. Nous dûmes sortir un énorme livre de cartes topographiques, qui auraient pu être très utiles si elles n'avaient pas daté d'une dizaine d'année. Nous passâmes plusieurs heures à errer sur les hauts plateaux, à essayer de trouver le chemin qui nous mènerait à la petite boîte au trésor.

— Alors Matt, d'où venez-vous ? demanda Cherie.

— J'ai vécu dans beaucoup d'endroits. L'Oklahoma dernièrement, mais j'ai aussi vécu au Texas, en Arkansas et à Kansas City.

Il me regarda avec insistance lorsqu'il prononça ce dernier nom.

J'éclatai de rire.

— Ça explique tout ! Je me demandais pourquoi un gars de l'Oklahoma serait un fan des Chiefs de Kansas City ! Maintenant que tu es dans le Colorado, où nous avons une équipe digne de ce nom, il faut que tu changes ton fusil d'épaule. Je t'emmènerai voir un match, comme ça tu seras converti par la magie de notre équipe !

— Vous, les gars du Colorado, vous vous bercez de douces illusions. Tu trouves que Denver est génial ? Tu as déjà été à Arrowhead ? Eux, ils savent comment faire la fête avant un match ! Il y a des barbecues allumés entre les voitures toute la journée et sur tout le parking. On le sent de loin. Non, les fans des Broncos ont beaucoup à apprendre !

— J'aime les barbecues comme tout le monde, mais tu crois que ça suffise à encourager une équipe aussi médiocre ?

Je riais toujours et même si son expression était toujours assez réservée, je voyais bien qu'il s'amusait.

26

— Médiocre ? On a fini à peine un match derrière vous la saison dernière, et c'est seulement parce que notre demi offensif n'a pas joué la moitié de la saison. Je parie…

— Alors… interrompit Cherie de la banquette arrière.

On sursauta tous les deux et je réalisai que je n'étais pas le seul à avoir oublié qu'elle était là.

— Vous avez des plaques temporaires. Votre Jeep est neuve ?

— Ouais, Jared me l'a vendue.

— Oh vraiment ? Je ne savais pas que tu avais une voiture, Jared.

J'étais soulagé qu'elle ne puisse pas me voir lever les yeux au ciel.

— Si, j'ai une voiture. Je préfère utiliser mon vélo, c'est tout.

Pourquoi tout le monde trouvait ça si étrange ?

— Et puis, techniquement, c'est Lizzy qui la lui a vendue.

— C'est parfait pour les pistes ici, non ?

— C'est en partie pour ça que je l'ai achetée. En parlant de piste, certains des gars au poste m'ont parlé de celle de Culver ?

— Jamais entendu parler, dit Cherie.

Mais c'est moi qu'il regardait.

— Culver n'est pas une piste pour un 4x4, lui répondis-je. C'est pour le VTT et la randonnée. C'est l'un des trajets les plus faciles du coin.

— Ah bon ? Ils ont dit qu'elle était assez dure.

Je souris.

— Ça doit être des mauviettes. Hé ! Tu as prévu d'acheter un VTT ?

Soudain, l'idée d'avoir quelqu'un avec qui faire du vélo m'enthousiasmait.

— Je devrais ?

— Absolument !

Nous atteignîmes enfin notre destination. Nous déterrâmes la boîte de métal et l'ouvrîmes. En plus du journal de bord, il y avait dedans un assortiment d'objets hétéroclites : un petit soldat en plastique vert, une carte à jouer, un dé à dix faces. On n'avait pas pensé à amener quoi que ce soit à mettre dedans, alors on se contenta d'ajouter nos noms dans le journal de bord avant de retourner à la Jeep.

— Prem's ! s'écria Cherie.

Elle eut l'air un peu embarrassé, mais je comprenais

— C'est normal, puisque tu t'es assise à l'arrière à l'aller.

Mais ça ne changea rien. Matt me parlait toujours plus qu'à elle. Une fois de retour en ville, elle fit une nouvelle tentative :

— Tu es sûr que tu ne veux pas rentrer boire un verre ?

— Merci, Cherie, mais la belle-sœur de Jared nous attend pour dîner.

Ce mensonge me prit de court, mais j'essayai de hocher la tête d'un air convainquant.

— Passe une bonne soirée.

Il eut l'air soulagé de son départ.

— Super ! dit-il joyeusement. Allons boire cette bière que je t'ai promise.

— Matt, tu te rends compte que c'est une petite ville ? Peu importe où on ira, il y aura toujours une chance qu'elle nous voie et découvre que tu as menti.

— Oh.

Tout son enthousiasme fondit comme neige au soleil.

— Je n'y avais pas pensé.

L'idée de passer une ou deux heures de plus ensemble était plus séduisante que de rentrer dans ma maison vide et j'étais assez surpris qu'il ressente la même chose.

— On pourrait vraiment aller chez Lizzy. C'est samedi, elle doit à moitié s'attendre à me voir.

Brian n'était pas là, mais Lizzy oui. Et, comme je l'avais prédit, elle ne fut pas surprise de mon arrivée. Toutefois, elle arqua un sourcil en voyant Matt. Il s'excusa le temps d'aller aux toilettes, et elle se tourna alors vers moi.

— Une sortie en amoureux ?

Elle plissa ses yeux bleus en me fixant.

— Mais non !

— Ça y ressemble.

— Ce n'en est pas un !

— Il a l'air de passer beaucoup de temps avec toi en tout cas.

— Il est nouveau en ville. Il ne connaît encore personne, c'est tout.

— Jarhead, dit-elle, exaspérée. Si tu crois que ce type n'a pas le choix, même dans cette ville, alors tu dois être aveugle. Il t'a choisi.

Elle avait raison, je le savais. Ne venais-je pas de mentir à Cherie pour qu'il puisse passer la soirée avec moi ? Et elle n'était pas la seule femme célibataire de la ville. Elle était la seule qui avait été jusqu'à frapper à sa porte, mais ça voulait seulement dire qu'elle était la plus agressive du lot. De plus, il soutenait catégoriquement qu'il était hétéro, alors où est-ce que cela nous menait ? À cette pensée, je me mis à rougir.

— De quoi parlez-vous ? demanda Matt lorsqu'il revint dans la pièce. On dirait que tu embêtes Jared.

— De ses cheveux, répondit Lizzy sans se laisser démonter. Tu vois le désastre sur sa tête ? Je n'arrête pas de lui dire de se les faire couper !

Matt fronça les sourcils et inspecta la touffe au sommet de mon crâne. J'essayai de ne pas tressaillir sous son examen. J'éprouvai soudain beaucoup de compassion pour ces singes au zoo.

Puis il reporta son attention vers Lizzy, un sourcil arqué, le fantôme d'un sourire aux lèvres et dit :

— Moi j'aime bien.

À cet instant je sus que j'étais un parfait idiot car mon cœur gonfla à en exploser dans ma poitrine et j'étais aussi rouge qu'une tomate. Matt avait déjà disparu dans la cuisine.

— Je ne sais pas qui il pense tromper, siffla Lizzy, mais c'était clairement un rendez-vous amoureux !

VII

IL REPASSA plusieurs fois au magasin après ça, toujours à l'heure de la fermeture, puis on sortait dîner. J'étais surpris qu'il recherche ma compagnie, mais en même temps ravi. C'était facile de lui parler.

Lizzy l'invita au barbecue du jour du Souvenir, le dernier lundi de mai. L'invitation sembla lui faire plaisir, mais deux jours avant, il passa au magasin pour annuler.

— Lizzy, je vais devoir remettre à une autre fois. Mes parents ont décidé de passer à l'improviste cette semaine.

— Pas de problème, répondit-elle sans même lever les yeux de son inventaire. Ils n'ont qu'à venir.

Il eut l'air un peu surpris mais dit d'un ton assuré :

— Non, je ne pourrais pas te faire ça.

Elle leva alors les yeux.

— Pourquoi pas ?

— Je ne pourrais pas faire intrusion comme ça.

— Ne soit pas ridicule. Plus on est de fous, plus on rit !

— Hmm.

Soudain, il n'eut plus l'air très à l'aise.

— J'apprécie l'invitation, Lizzy, vraiment, mais c'est une très mauvaise idée. Tu le regretterais. Crois-moi.

— Mon Dieu, est-ce qu'ils sont si affreux ? demanda-t-elle en plaisantant, un sourcil haussé.

Mais lui n'avait pas l'air de plaisanter du tout quand il répondit :

— Ouais. Vraiment. Tu sais, dans les films, cet oncle horrible qui gâche les vacances de tout le monde ? C'est mon père. Je ne plaisante pas.

Elle l'observa un moment, se tapotant la lèvre inférieure, comme si elle tentait de déterminer à quel point il était sérieux. Puis, elle prit un air obstiné, et je voulus dire à Matt de ne pas insister, parce que Lizzy obtenait toujours ce qu'elle voulait.

— Matt, tu n'as jamais rencontré mes parents. Ils sont fous. Mais vraiment complètement barjos. Jared ?

Elle se tourna vers moi.

— Dis-lui. Mes parents sont complètements barrés.

— Eh bien…

Mais elle s'adressa à nouveau à Matt.

— Sérieusement. Tes parents ne peuvent pas être pires que les miens.

— Je ne sais pas…

— Super ! Alors on se retrouve à 5 heures et demie !

Elle retourna à son inventaire comme si le sujet était clos.

Matt avait l'air un peu déconcerté, comme s'il ne savait pas trop ce qui venait de se passer.

— Oh. D'accord. Merci, Lizzy.

Il la regarda, tête légèrement penchée même si, concentrée sur son inventaire elle ne pouvait le voir.

— Ne dis pas que je ne t'ai pas prévenue.

Puis il fit demi-tour et marcha jusqu'à la porte, s'arrêtant au dernier moment.

— Lizzy, mon père boit, beaucoup.

On aurait dit un avertissement.

— Pas de problème.

ILS ARRIVERENT pile à l'heure. La mère de Matt, Lucy, faisait environ un mètre cinquante, une femme maigre mais à la charpente solide, avec des cheveux châtains grisonnants. Ses yeux verts étaient tristes et nerveux, et ses mains toujours en mouvement. Elle tripotait constamment son collier, ses boucles d'oreilles et ses cheveux.

Le père de Matt, Joseph, était imposant. Il était aussi grand que son fils, avec les mêmes cheveux sombres et la même coupe militaire. Il était évident qu'il avait un jour eu la même carrure d'athlète, mais désormais il avait un peu de ce ventre de buveur de bière, et son nez, rouge, bulbeux, était celui d'un grand consommateur d'alcool.

Ils avaient apporté avec eux une bouteille de vin, dans un joli emballage en aluminium entouré d'un nœud. Dès que Lucy la tendit à Lizzy, Joseph dit :

— J'en prendrais bien un verre maintenant, si vous le voulez bien.

Matt et moi suivîmes Lizzy dans la cuisine. Matt n'était clairement pas lui-même. Je ne l'avais jamais vu agir de façon aussi nerveuse et incertaine. Ses parents étaient visiblement une bombe à retardement dont il redoutait l'explosion.

— Nous avons prévu largement assez pour tout le monde, assura joyeusement Lizzy alors qu'elle ouvrait la bouteille. J'ai acheté trois bouteilles de vin, deux rouges, une de blanc et une caisse de bière. Sans compter la liqueur dans le buffet s'il veut quelque chose de plus fort.

Elle montra le bar avant de prendre la bouteille de vin ouverte avec quelques verres et de retourner dans le salon.

Je commençai à lui emboîter le pas, mais Matt m'attrapa le bras. Quand je levai les yeux vers lui, je fus surpris de voir quelque chose comme de la terreur sur son visage.

— Pourquoi est-ce qu'elle a acheté tout cet alcool ?

— Tu as dit que ton père aimait boire.

— Oh non.

Il gémit avant d'enfouir le visage dans ses mains.

— Qu'est-ce qui ne va pas ?

— Je voulais dire qu'il ne fallait pas qu'il y ait d'alcool ! C'était censé être un avertissement. Oh mon Dieu, quel idiot je suis ! J'aurais dû être plus clair. Merde ! C'est affreux, Jared. Il est con quand il est sobre. Il est méchant, belliqueux et un connard contrariant quand il ne l'est pas.

— Tant que ça ?

J'aurais ris s'il n'avait pas eu l'air aussi terrifié.

— Oui !

Il se frotta le visage et retourna au bar, farfouillant avant d'y prendre une bouteille de Jack Daniels. Il sortit deux verres du petit meuble et versa deux grandes doses.

— Tiens.

Il m'en tendit un et avala le sien cul sec.

— Je hais ce truc.

— Crois-moi, dit-il alors qu'il s'en versait un autre. Ce sera moins pénible si toi aussi tu es à moitié saoul.

Il avait tort. Ce fut tout aussi pénible.

Le dîner prit place sur la terrasse. Le soleil n'était pas encore couché mais bas dans le ciel, projetant de grandes ombres sur la pelouse. C'était une soirée magnifique, qui contrastait étrangement avec la tension à la table où l'on s'embourbait dans des banalités. Bien sûr, avec ma famille, la conversation tournait autour du football.

— Êtes-vous aussi un supporter des Chiefs ? demanda Brian à Joseph.

— Ça jamais, non. Je suis fan des Cowboys. Matt a choisi une autre équipe juste pour se rebeller. Au moins il n'a pas choisi ces fichus Redskins !

— Je suis pratiquement sûr qu'ils m'auraient jeté dehors si j'avais osé, répondit Matt pince-sans-rire.

— Ça tu peux le dire.

J'étais incapable de dire s'il plaisantait ou non.

— Lucy, intervint maman, est-ce que vous travaillez ?

Lucy eut l'air surpris, comme si elle ne s'attendait pas à ce qu'on lui adresse la parole.

— Non, plus maintenant. J'ai été infirmière pendant vingt-cinq ans, mais je suis à la retraite désormais.

— Est-ce que vous travailliez à l'hôpital ou dans un cabinet ?

— À l'hôpital. J'ai travaillé dans différents services au fil des années mais celui que j'ai préféré était la maternité. J'y suis restée les dix dernières années. Tous ces bébés…

Pour la première fois, elle avait les mains immobiles, elle les tenait jointes devant elle comme pour une prière. Elle sourit d'un air nostalgique puis regarda Lizzy.

— Quand doit naître votre bébé ?

— Halloween.

Lucy se tourna vers maman. Elle souriait toujours mais son sourire était mêlé de tristesse.

— Je vous envie. J'ai toujours eu l'espoir d'avoir des petits-enfants.

Elle jeta un coup d'œil à Matt. Elle perdit soudain son sourire et s'agita à nouveau nerveusement. Elle semblait regretter ses paroles. Je compris pourquoi lorsque Joseph ouvrit la bouche.

— J'ai bien l'impression tu vas jamais en avoir alors tu peux arrêter d'espérer. De ce que je vois, Matt n'est pas prêt à faire son devoir de ce côté-là.

— Tu as dû remarquer que je suis physiquement incapable d'avoir un enfant tout seul.

Il n'y avait pas une seule trace d'humour dans sa voix. Matt fixait son assiette. J'avais le sentiment que ce n'était pas un nouveau sujet de discorde.

— Ne joue pas au plus malin avec moi. Il est grand temps que tu te maries et fondes une famille. Tu ne rajeunis pas.

— Nous avons prévu de partir en vacances, intervint soudain Lucy, dans une tentative désespérée pour changer de sujet.

Lizzy s'empressa de suivre son exemple.

— C'est génial, Lucy. Où allez-vous ?

— En Floride, je pense, quoique je ne sache pas si on devrait…

— Tu ne vois personne ?

Joseph ne semblait pas au courant que le sujet de conversation avait changé.

— Non, Papa. J'ai été plutôt occupé. Ce n'est pas si facile de rencontrer des gens.

Ce qui me déconcerta un peu, puisque je savais qu'il y avait plusieurs femmes célibataires qui auraient tué pour sortir avec lui.

— Conneries ! Qu'en est-il de Jared ?

Je sautais presque de ma chaise. L'espace d'une seconde, j'avais cru qu'il suggérait que Matt sorte avec moi. Puis il poursuivit :

— Je suis sûr qu'il peut te présenter quelqu'un. Jared, tu as une petite amie, n'est-ce pas ?

— Euh.

Je me sentais terriblement prit en traître, un comble considérant la simplicité de la question.

— Non, Monsieur.

— Pourquoi Diable ?

— Eh bien…

Matt se tourna vers moi avec une expression de pure horreur, essayant de me prévenir, mais c'était trop tard. Les mots m'avaient déjà échappé.

— Je suis gay.

D'un coup, Matt baissa la tête, posa les coudes sur la table, les doigts croisés sur sa nuque comme si quelqu'un venait de crier 'À couvert !'. La bouche de Lucy forma un 'O' surpris, et sa manie de remuer nerveusement les doigts fut démultipliée.

— Tu es gay ?

La voix de Joseph était terriblement forte et pourtant pâteuse.

— Tu veux dire que t'es un pédé ?

— Eh bien…

Je cherchai de l'aide autour de la table, mais personne ne semblait prêt à intervenir. Ils étaient tous figés dans différents états de tension, épouvantés. Notre dîner s'était transformé en une sorte de navet à sensation, et peu importait la pauvresse du scénario ou des acteurs, personne ne semblait décidé à changer de chaîne.

— Alors t'aimes enculer d'autres hommes ?

L'effet fut instantané. Tout le monde autour de la table sursauta, mais Lizzy fut la première à retrouver ses esprits. Elle se tourna à nouveau vers Lucy et s'écria d'une voix forte :

— Je suis désolée, Lucy. Je n'ai pas entendu ce que vous avez dit. Où exactement allez-vous en Floride ?

Lucy tremblait désormais de façon évidente et tripotait son collier.

— J'avais pensé à Fort Lauderdale, mais je ne sais pas si c'est seulement pour les enfants. Peut-être Orlando. Est-ce que vous y avez déjà été ?

— Moi non, mais mon frère…

Lizzy n'eut pas l'occasion de nous en dire plus sur lui.

Joseph se leva brusquement, renversant sa chaise. Matt leva les yeux, interloqué, tandis que son père me pointait du doigt puis lâchait :

— Tu baises mon fils ? C'est pour ça que je suis ici ?

— Non !

Matt et moi nous exclamèrent à l'unisson. Puis Matt poursuivit :

— Papa, ça suffit !

— Joseph !

La voix de Lucy était une prière quasi silencieuse.

— Nous sommes des invités ici, assieds-toi.

Il n'écouta pas.

— Je connaissais un homme comme toi dans les Marines, me dit-il, il était marié et tout, et un jour sa femme rentre à la maison et le trouve en train de baiser un autre homme dans son lit. Il a été réformé.

Les jointures des poings de Matt, qu'il serrait devant lui sur la table, blanchirent sous l'effort.

— T'as été ami avec James pendant six ans avant que ça arrive, papa. Tu t'en souviens ? C'était un type bien.

— Tu ne sais pas de quoi tu parles.

— C'était ton ami. Tu aurais dû le soutenir.

— Tu ne sais pas comment c'est dans les Marines. Toi, t'as préféré être une mauviette plutôt que d'assumer notre héritage. Ne me parle pas de ce que j'aurais ou n'aurais pas dû faire. Tu n'en sais fichtrement rien.

35

Il attrapa son verre de vin, le fixa d'un air un peu trouble quand il vit qu'il était à moitié vide. Puis il récupéra celui de Lucy et le vida. Ensuite, il attrapa la bouteille de vin ouverte sur la table et retourna dans la maison, nous laissant sur la terrasse dans un silence pesant.

Après une minute, Lucy se leva à son tour. Elle avait les mains qui tremblaient et je voyais bien qu'elle était au bord des larmes.

— Matt, tu devrais nous ramener au motel maintenant. Nous nous sommes assez imposés chez tes amis pour la soirée.

Elle arrangea sa chemise et sa jupe, lissa ses cheveux ; elle se recomposa avant de se tourner vers Lizzy.

— J'étais ravie de tous vous rencontrer. Merci pour cet agréable dîner.

Je pense qu'elle aurait voulu en dire plus mais sa lèvre commença à trembler alors elle battit rapidement en retraite dans la maison.

Personne ne bougea. Brian avait l'air stupéfait et Maman remontée à bloc. Lizzy semblait se rejouer la scène entière, essayant de comprendre à quel moment les choses avaient commencé à mal tourner. Matt resta assis là, à fixer son assiette. Finalement, il leva les yeux vers elle.

— Lizzy, je suis désolé.

Elle le regarda et lui sourit tristement. Elle lui tendit la main au-dessus de la table, paume retournée. Gentiment, il la recouvrit. Elle posa son autre main sur la sienne, plus large, et la tapota.

— Tu m'avais prévenue. La prochaine fois que tu me diras que quelque chose est une mauvaise idée, je t'écouterai.

Il se détendit un peu à ces mots et hocha la tête.

— Merci, Lizzy.

Il se tourna vers moi, ouvrit la bouche pour dire quelque chose, puis la referma, jeta un coup d'œil au reste de la famille toujours assise autour de la table et sembla changer d'avis. À la place, il se contenta de me donner une tape dans le dos et de dire :

— On se voit plus tard.

Après son départ, nous sommes tous restés assis en silence. Je me sentais malheureux. Si je n'avais pas été un tel idiot, rien ne serait arrivé. Pourquoi avait-il fallu que j'ouvre ma grande gueule ?

— Lizzy, je suis tellement désolé. Je n'aurais pas dû…

— Non !

Son expression se fit féroce.

— Ne t'excuse pas ! Je t'interdis de t'excuser à cause de cet enfoiré intolérant.

Elle se leva, contourna la table et vint derrière ma chaise pour m'étreindre par les épaules.

— C'est un crétin. Tu n'as pas à être désolé.

VIII

— JARED !

Ringo déboula dans le magasin à toute vitesse, renversant un présentoir de désodorisants pour voitures. Il ne s'arrêta pas pour autant et courut vers le fond où je me tenais.

— Jared, j'ai réussi ! J'ai eu quatre-vingt-dix-sept sur cent à mon exam !

Il se jeta sur moi, ses bras maigrelets autour de mon cou.

— C'est génial !

Je lui tapotai maladroitement le dos, mal à l'aise, et il sembla réaliser son geste car il s'écarta. Une expression de pure triomphe illuminait son visage, il souriait d'une oreille à l'autre.

— Tu es un génie !

Je ne pouvais que me laisser gagner par sa bonne humeur.

— C'est toi qui as fait tout le travail, pas moi. Allez ! Je t'emmène boire une bière pour fêter ça.

— Je n'ai pas l'âge légal.

— Je n'ai pas dit que la bière était pour toi ! Allons-y.

Je l'emmenai à notre pizzeria locale, Chez Tony. On commanda nos pizzas. La serveuse venait juste d'apporter ma bière et le soda de Ringo, quand Matt arriva.

— Hé, Jared !

Il avait l'air sincèrement content de me voir mais aussi sur ses gardes.

— Comment vas-tu ?

— Bien. Ringo vient de cartonner à son examen d'algèbre, alors on fêtait ça.

Ringo était encore en train de sourire, d'ailleurs.

— C'est génial, lui dit Matt, mais il se retourna vers moi : Ça te gêne si je m'assois avec vous une minute ?

— Bien sûr que non.

Il se glissa à côté de moi.

— Jared, je te dois des excuses pour ce qui s'est passé au dîner...

— N'y pense plus.

— Mon père...

— Je me fiche de ce que ton père pense de moi, Matt. Tu avais raison. Il est méchant, belliqueux et un connard contrariant.

— Tu finiras par apprendre que j'ai toujours raison.

Ses yeux pétillaient, comme si lui aussi était sur le point de rire, alors je compris qu'il plaisantait.

— Sans rancune, alors ?

— Sans rancune.

— Merci, Jared.

Il avait l'air immensément soulagé et me donna une tape dans le dos suffisamment forte pour manquer de m'assommer.

— Tu sais, nous sommes à une table là-bas avec les gars. Pourquoi ne pas vous joindre à nous ?

Je suivis du regard la direction qu'il m'indiqua. Deux flics et trois femmes. En d'autres mots, l'enfer complet. Un coup d'œil au visage de Ringo me dit que cette perspective ne l'enchantait pas plus que moi.

— Je ne pense pas que ce soit une bonne idée.

— Bien sûr que si ! Allez ! S'il te plaît, sauve-moi. Je ne sais pas comment je me suis laissé entraîner là-dedans. Je pensais que j'allais prendre un verre avec les gars et voilà que je découvre que c'est une sortie surprise pour me faire rencontrer une femme !

— Mon Dieu ! me moquai-je gentiment. Alors il ne faut vraiment pas que j'y aille !

— Est-ce que je peux rester ici alors ?

Il arborait cette expression que je commençais à voir comme un pseudo-sourire : un sourcil haussé avec le coin de la bouche relevé.

— Tu plaisantes, pas vrai ?

Il passa une main dans ses cheveux courts et noirs et dit, d'un ton las :

— Seulement en partie.

— Elle est si terrible que ça ?

Je jetai un coup d'œil à la table. Une des femmes gardait un œil sur lui. Elle était pas mal, avec des cheveux roux, une teinture de toute évidence.

— Je suis sûr qu'elle est très gentille, me dit-il doucement. Mais on n'a absolument rien à se dire. Je viens de passer les trois-quarts d'heure les plus longs de toute ma vie. Je m'amuse toujours plus quand tu es là. Tu n'as qu'à venir, on pourra parler de football jusqu'à ce qu'elles en aient assez et partent.

— Matt, ils ne vont jamais vouloir que je m'assoie avec eux.

— Bien sûr que si.

Mais il n'avait plus l'air si sûr.

— Non. Tu veux dire qu'ils ne t'ont pas déjà reproché de passer du temps avec moi ?

À la rougeur de ses joues, je sus que si, mais il n'abandonna pas aussi facilement.

— Raison de plus Jared. Peut-être que si tu passes du temps avec eux, ils réaliseront…

— Crois-moi, c'est une mauvaise idée. De toute façon, je dois à Ringo une pizza pour fêter ses résultats.

Il jeta un coup d'œil surpris à Ringo comme s'il avait déjà oublié sa présence, puis étouffa un soupir dramatique.

— D'accord. Renvoie-moi à ma ruine. Ils ne vont pas me laisser tranquille tant que je ne suis pas marié. Je t'enverrai une invitation.

— Je te proposerais bien de m'occuper de ton enterrement de vie de garçon, mais je doute que t'apprécies mon choix de strip-teaseurs.

Il laissa échapper un rire à ma plaisanterie. Je n'avais jamais entendu son rire jusqu'ici et je me surpris à penser bêtement que c'était le plus merveilleux du monde.

— Tu vois. Je te l'avais dit. Tu es plus drôle.

IX

UNE SEMAINE plus tard, Matt se présenta au magasin juste après dix-sept heures. Il était toujours en uniforme. J'étais ravi de le voir.

— Allons-y, dit-il à peine avais-je ouvert la porte. Je te paie à dîner.

Une fois dans sa Jeep, il ajouta :

— Je dois faire un saut chez moi pour me changer.

Je n'avais encore jamais été dans sa maison et j'étais curieux de voir comment il vivait.

En fait, il ne vivait pas du tout dans une maison. Il se gara devant un immeuble. Enfin, s'il avait été plus grand, on aurait pu appeler ça un immeuble. En fait, le bâtiment était plus un long rectangle étroit de briques blanches, contenant quatre appartements d'une chambre, interdit aux claustrophobes.

On franchit le seuil et je fus stupéfait par le vide stérile de son appart'. Le salon minuscule était encombré par un de ces équipements de gym géants qu'on voit à la télé. En plus de ça, il y avait une chaise dépliante miniature en métal, une vieille table en bois – utilisée comme table d'apéritif, en face de l'unique chaise – et une télévision posée sur une caisse. C'était la garçonnière la plus propre que j'avais eu l'occasion de voir.

— Waouh. Sympa. La thématique cellule de prison est très réussie. C'est très Feng Shui.

Il me gratifia d'un de ses pseudo-sourires : un sourcil arqué, coin de sa bouche légèrement relevé.

— Et moi qui commençais à penser que tu n'étais pas vraiment gay, et voilà que tu me sors des mots comme 'thématique' et 'Feng Shui'.

J'essayai de ne pas rire.

— Fais comme chez toi, me lança-t-il par-dessus son épaule alors qu'il allait se changer dans sa chambre.

41

Cette formule clichée était ridicule en contexte : rien n'était moins confortable, accueillant comme un chez soi, que cet appart.

À côté du salon et à côté de ce qui passait pour une cuisine, il y avait un coin qu'on ne pouvait pas vraiment qualifier de salle à manger. Elle comportait une table bancale et une autre chaise pliante métallique. Mais je fus surpris de voir que le mur du fond était entièrement occupé par une grande bibliothèque qui débordait de livres. Je m'en approchai, jetant un coup d'œil aux titres. Les livres étaient entassés dans tous les sens mais je ne tardai pas à réaliser qu'ils étaient rangés par genre et, grossièrement, par ordre alphabétique d'auteurs. Organisé et ordonné, ça, c'est sûr. Une des étagères comportait tout ce qui avait un rapport à la loi, les procédures de police et les manuels des polices criminelles. Puis encore d'autres livres de non-fiction sur le sujet de la guerre et l'armée, mais aussi quelques biographies, et un important assortiment de romans : mystères, horreur, science-fiction, western et même quelques comics.

Matt revint vêtu de son habituel jean et d'un tee-shirt. Il vint à mes côtés, grand et droit, les mains croisées dans le dos tandis qu'il regardait ses livres. C'était comme si j'avais trouvé une petite fenêtre donnant sur son cœur. Ou un autel mais je ne savais pas à quoi.

— Je ne t'aurais jamais pris pour un grand lecteur.

Il resta un long moment silencieux, puis dit doucement :

— Je suis souvent seul. Parfois, c'est difficile de passer le temps.

Ses paroles, le soupçon de fatigue et de résignation dans sa voix touchèrent un point sensible chez moi : elles firent totalement écho à ma propre solitude.

— Je sais exactement ce que tu veux dire.

À cet instant, quelque chose s'est passé entre nous. Nous n'avons rien dit, mais je sais qu'on l'a ressenti tous les deux. Ce n'était rien d'aussi banal ou romantique que l'impression d'avoir trouvé son âme sœur. C'était tout simplement comprendre qu'une personne nous est semblable. Nous avions tous deux longtemps été seuls et peut-être qu'à présent nous n'avions plus à l'être.

— DONC, ÇA ne dérange pas ta famille que tu sois gay.

C'était plus une observation qu'une question.

Nous étions chez Tony. Matt avait refusé d'aller chez Mamacita au risque de tomber sur Cherie. Ce n'était pas tellement mieux ici. J'étais sûr

42

qu'on était la seule table à avoir deux serveuses aussi zélées. Il ne sembla pas le remarquer.

— Ça embêtait un peu mon père. Il pensait, comme toi, que c'était seulement que je n'avais pas assez essayé. Il me disait des trucs du genre : 'T'as besoin de faire un ou deux tours d'essai, fiston.' Ma mère l'a assez bien pris. Mais parfois ça la rend triste parce qu'elle sait que je n'aurai pas d'enfants et que ça va me manquer. Elle déteste me voir seul. Brian fait de son mieux pour être cool et l'accepter, mais ça le fait toujours un peu flipper, je pense. Quand je suis sorti du placard, il était celui qui me préoccupait le plus. Il a toujours été mon modèle et j'étais sûr qu'il allait me détester. J'avais décidé qu'il serait le premier à qui je le dirais et ça m'a pris une éternité pour en trouver le courage. Je l'ai finalement invité dans un bar, je venais juste d'avoir vingt-et-un ans et après quelques verres pour me donner assez de cran, j'ai finalement dit : 'Brian, je suis gay.' Et il a ri. Vraiment, il a éclaté de rire et a dit : 'Sans rire, gamin ? Tu t'en es enfin rendu compte ?'

Ce souvenir me faisait encore rire. Bien sûr, Brian qui avait toujours gardé un œil sur moi, l'avait compris quelque part entre l'incident avec Steve Atwater, mon béguin sur son meilleur ami et mon vingt-et-unième anniversaire.

— C'est assez décevant, mais ça me soulage de savoir que je n'ai pas baissé dans son estime. Je ne sais pas comment je l'aurais pris.

— Est-ce que tu as, tu sais, un… hum… *ami* ?

La manière dont il sembla buter sur le mot me fit rire.

— J'ai un *ami*, façon de parler. Il s'appelle Cole. On s'est rencontrés à l'université. En fait, il sortait avec mon colocataire. Mais après leur rupture, lui et moi on est sortis quelques fois. Il vit en Arizona mais sa famille possède un appartement à Vail, alors parfois, quand il vient skier, il me passe un coup de fil et on se voit. C'est très informel. Ce n'est pas vraiment mon type et inversement. Il est trop extravagant pour moi et je suis trop provincial pour lui. C'est un arrangement sans aucune attache et un accord mutuellement acceptable, ça nous va à tous les deux. Mais hormis ça, non. Il n'y a personne.

— Mais comment tu rencontres d'autres personnes ? Je veux dire, d'autres comme toi ?

— Je n'en rencontre pas. Plus maintenant. J'avais l'habitude d'aller dans les boîtes de nuit parfois. Il y en a une à Fort Collins, quelques-unes à Boulder, pas mal à Denver. Mais, c'est comme pour les hétéros. Tu peux trouver un coup d'un soir ; dans une boîte gay c'est presque une garantie que tu peux t'envoyer en l'air, en fonction de tes exigences, mais tu ne trouveras jamais plus que ça.

— C'est ce que tu veux ? Quelque chose de plus ?

— Ce n'est pas ce qu'on veut tous ?

Ça faisait bien trop affecté. Il était grand temps de changer de sujet.

— Alors, comment se passe le boulot ?

Je devinai de suite que c'était la mauvaise question à poser. Ses yeux gris s'obscurcirent – je ne pouvais plus en discerner le vert – et il se tendit un peu.

— Pas génial, répondit-il sombrement.

— Qu'est-ce qu'il y a ? Il y a une vague de crime à Coda dont je n'ai pas entendu parler ?

Il se décrispa un peu.

— J'ai dû traîner Dan Snyder hors de chez Cherie par deux fois. La première fois il était saoul et jetait des bouteilles sur sa maison. La seconde, il était à l'intérieur et elle était mal en point. Je ne comprends pas. Elle refuse de porter plainte alors que c'est évident qu'il la bat encore. C'est un sacré cas.

— Dan a toujours été un salaud raté. Même au lycée.

— Ouais.

Il resta silencieux une minute, puis commença à gratter l'étiquette de sa bouteille de bière.

— Les autres gars commencent à pas mal parler, dit-il doucement, sans me regarder.

Il me fallut une seconde pour comprendre.

— À cause de moi ?

Il hocha la tête à contrecœur.

— Mais alors qu'est-ce que tu fous ici ? lui demandai-je, incrédule.

Je dus me rappeler de parler à voix basse.

— Tu viens chez moi, tu m'invites à dîner, bien sûr qu'ils vont parler.

Il haussa les épaules.

— Ça me fout en rogne.

Il n'avait pas l'air énervé cela dit ; juste triste.

— Ils ne savent pas ce que c'est. Ils sont tous mariés. L'autre nuit quand je t'ai vu là, ce n'était pas la première fois. Ils sont toujours à essayer de me caser.

Je ne savais pas trop quoi dire.

— Je travaille avec eux, je veux qu'on s'entende, mais à la fin de la journée, ils rentrent tous à la maison, retrouvent leur famille.

Et quand lui rentrait, il était seul dans la cellule qui lui servait d'appartement. Il ne dit pas cette dernière partie, mais je l'entendis.

On mangea en silence, jusqu'à ce qu'une voix nous interrompe.

— Bonjour, Jared !

Je levai les yeux pour voir M. Stevens, le chef d'orchestre du lycée et, à ma connaissance, le seul autre homo de la ville. Il avait la soixantaine, il était bien habillé. Il semblait toujours porter un nœud papillon.

— Hé, M. Stevens. Comment ça va ?

— Cela fait bien longtemps que tu n'es plus mon élève. Tu sais que tu peux m'appeler Bill.

Il me disait toujours ça, mais c'était difficile d'appeler un de ses anciens professeurs par son prénom.

— Et j'imagine que voilà notre nouveau policier ? dit-il à Matt.

— Oui, Monsieur. Matt Richards.

Il serra la main légèrement molle de M. Stevens.

— M. Richards, c'est un plaisir de vous rencontrer. Je suis content de voir que vous avez rejoint notre petite communauté. J'espère que vous ne m'en voudrez pas de le demander, mais est-ce que votre commissariat est au courant ?

J'essayai de ne pas sourire. De toute évidence, M. Stevens pensait que Matt était gay. Mais il était tout aussi évident, pour moi du moins, que Matt n'avait aucune idée de ce que M. Stevens voulait dire. Je devinais par son expression qu'il pensait 'sait quoi ?'. Mais il hocha la tête et répondit :

— Oui, Monsieur, bien sûr.

Là, j'eus vraiment beaucoup de mal à ne pas éclater de rire.

— C'est fabuleux ! Je suis heureux d'entendre que votre brigade a l'esprit aussi ouvert.

L'expression de Matt changea à peine. M. Stevens n'aurait pu se rendre compte à quel point il était perdu, et je réalisai alors que j'étais devenu assez doué pour lire ses expressions.

— Eh bien, je vais vous laisser tranquille. Je veux que vous sachiez que je suis heureux de vous voir tous les deux.

Il me fit un clin d'œil.

— Ça donne de l'espoir à un vieil homme comme moi.

— Merci, M. Stevens. Vous savez que je vous souhaite bonne chance.

Quand il fut parti, Matt me dévisagea.

— Qu'est-ce qui s'est passé ? De quoi ce type parlait ? Qu'est-ce qui est si drôle, putain ?

— Je t'ai déjà parlé de M. Stevens, le responsable de la fanfare du lycée, tu ne t'en rappelles pas ?

Je l'observai pendant qu'il y réfléchissait et un éclair de compréhension le traversa. Il jeta un coup d'œil à gauche puis à droite tout en repensant à la conversation, puis il rougit lorsque les pièces du puzzle s'assemblèrent.

— T'as compris, finalement, hein ?

— Merde.

Il sembla plus agacé contre lui-même qu'en colère.

— Parfois je suis vraiment con.

— Hé, ne t'inquiète pas trop. M. Stevens sait être discret.

— Sans doute, oui.

— Est-ce que ça te gêne qu'il croie qu'on est ensemble ?

— Ça t'ennuie, toi ?

— Pas du tout.

— Lui et toi vous n'avez jamais… ?

Je remarquai qu'il avait évité ma question mais n'insistai pas.

— Jamais. Je ne pense pas qu'aucun de nous deux y ait pensé un jour. Il y a une sacrée différence d'âge, bien sûr. Et il a été mon professeur, alors ce serait plus que bizarre. Et je n'en suis pas certain, mais je crois que M. Stevens préfère ses hommes un peu plus efféminés, si tu vois ce que je veux dire.

— Et toi, comment tu préfères tes hommes ?

Ses joues s'empourprèrent mais il ne détourna pas les yeux.

Et mec, ça, c'était la question piège du mois. Parce que bien sûr, je les aimais juste comme lui : grands, bruns et musclés. La seule chose qui aurait pu manquer étaient des cheveux longs et un tatouage… ce qui me fit me demander s'il en avait sous son tee-shirt. Mais je ne pouvais pas lui dire ça.

Je me contentai de répondre :

— Ultra riches.

Il me gratifia de ce pseudo-sourire. J'eus le sentiment qu'il connaissait la vraie réponse.

X

IL RECOMMENÇA à passer au magasin à l'heure de la fermeture, on mangeait ensemble deux ou trois fois par semaine. Chaque fois je lui demandais si ça ne lui posait pas de problème à son travail. Au début, il haussait juste les épaules, mais au bout de la troisième semaine, à ma plus grande confusion, la question le fit rougir.

— Je ne comprends pas. Tu as des ennuis ou pas ?

— Eh bien, j'en ai eus au début, commença-t-il d'un ton hésitant. Mais ces dernières semaines, j'ai fait quelques changements qui ont aidé.

Il refusait de me regarder.

— Changements ? Comme quoi ?

— En fait, j'ai, euh…

Il gratta l'étiquette de sa bouteille de bière.

— J'ai commencé à voir Cherie.

— Quoi ?

Il releva les yeux vers moi et m'adressa son pseudo-sourire.

— Tu m'as très bien entendu.

— Tu sors avec Cherie ?

— Non, je ne *sors* pas avec elle.

— Mais tu viens de dire…

— J'ai dit que j'ai commencé à la voir. Ce n'est pas la même chose.

Il le dit comme si c'était la chose la plus évidente du monde. Mais j'étais toujours perdu et ça devait se voir sur mon visage, parce qu'il leva les yeux au ciel et reprit :

— Disons qu'on a un accord. Comme toi et ton ami Cole.

— Aaah. Je vois.

J'avais maintenant beaucoup de mal à garder mon sérieux.

— Un accord mutuellement acceptable ?

Il haussa les épaules.

— Eh bien, acceptable pour moi, du moins.

— Je pensais que tu tenais à ton indépendance ?

— J'y tiens. Mais je ne suis pas non plus fan du célibat.

— Qui l'est ?

Il me fit un clin d'œil.

— Exactement.

— Pourquoi elle ? Enfin, je ne veux pas être méchant, mais elle a, enfin…

— Une réputation ?

Il tripota à nouveau l'étiquette de sa bouteille.

— Voilà.

J'étais soulagé qu'il soit au courant.

Il haussa les épaules à nouveau.

— Je sors couvert.

Ce qui me fit rougir pour être honnête.

— Ah, c'est bien, mais ce n'est pas ce que je veux dire.

— Elle semblait parfaite pour une relation sans attaches. Je n'ai absolument aucune envie de quelque chose de plus sérieux.

— Et elle est vraiment d'accord ?

Ce n'était pas comme si j'étais un expert en femmes et leur comportement, mais j'avais toujours cru que 'sans attaches' était beaucoup plus difficile pour elles que pour les hommes.

— Écoute…

Je devinais qu'il commençait à être légèrement agacé d'avoir à s'expliquer.

— Je ne suis pas complètement salaud. J'ai été totalement franc avec elle. Elle sait qu'on n'est pas ensemble. Il n'y aura pas de promenades romantiques au clair de lune ou de dîner d'anniversaire. Je ne vais pas rencontrer ses parents ou lui acheter des fleurs ou emménager chez elle ou même rencontrer ses amis. On s'envoie en l'air. C'est tout.

— Et elle est vraiment d'accord avec ça ?

— Elle dit que oui.

Il haussa encore les épaules.

— Je suis sûr qu'elle pense que je vais changer d'avis avec le temps. Je ne changerai pas d'avis. Et je le lui ai dit. Ce n'est pas ma faute si elle choisit de ne pas me croire.

Je ne pouvais m'empêcher de penser que Cherie avait peut-être raison. Après quelques semaines, il ne s'opposerait plus autant à l'idée de la fréquenter sérieusement. J'ai cette certitude que le chemin le plus sûr vers le cœur d'un homme passe par un peu plus bas que son estomac.

— Elle a seulement demandé à ce que je lui sois 'fidèle' et que je ne fréquente ou ne sorte pas avec d'autres femmes tant qu'on se verrait.

— Et ça te paraît acceptable ?

— Absolument. Le but est de réduire au minimum les complications éventuelles, ajouter une autre femme ne serait qu'un 'problème' de plus.

— Oui, j'imagine.

— Et puis, cet accord a d'autres avantages.

Il arborait à nouveau son pseudo-sourire.

— Comme ?

Cette fois, il souriait presque pour de vrai.

— Premièrement, les gars au travail n'essayent plus de me caser. Et, surtout, je suis maintenant libre de passer autant de temps que je veux avec toi sans avoir à supporter d'accusations ridicules.

— Laisse-moi résumer : tu es prêt à coucher, juste pour le sexe, sans attaches, avec une Bimbo sexy, tout ça pour passer plus de temps avec moi ?

Ses yeux gris pailletés de vert étincelaient comme s'il était sur le point d'éclater de rire.

— C'est un énorme sacrifice de ma part. Je l'admets. N'ose pas dire que je n'aie jamais rien fait pour toi.

— Waouh.

Je ne pus m'empêcher de rire.

— Tu n'es qu'un sale manipulateur.

— Oui. Je ne peux pas le nier, répondit-il d'un ton léger, puis il redevint soudain sérieux.

— Ça te dégoûte complètement ?

— Quoi, l'image mentale de toi t'envoyant en l'air avec Cherie ? Un peu. Que tu sois un sale manipulateur ? Pas tellement. C'est une grande fille et si tu es vraiment sincère avec elle…

— Je le suis.

— Alors c'est juste une histoire entre deux adultes consentants.

— Exactement.

Il sembla soulagé d'avoir éclairci ce point.

— Et donc, ton ami Cole au fait ? Tu le vois souvent ?

— Il ne vient que durant la haute saison de ski, mais généralement je le vois deux ou trois fois entre décembre et le premier avril.

— Jamais entre avril et décembre ?

— Exact.

— Waouh.

Il compatissait.

— C'est une sacrée période de sècheresse.

— Ça tu peux le dire.

On nous apporta nos plats ce qui mit fin à ce sujet déprimant.

— Est-ce que tu travailles le week-end prochain ? me demanda-t-il alors que je commençais à manger.

— Ouais.

— Tu peux te libérer ?

Ce ne devait pas être difficile. Comme c'était les vacances d'été, Ringo pouvait travailler à plein temps. De plus, Lizzy voulait bien faire quelques heures de plus parce qu'on savait tous les deux qu'en automne, après la venue du bébé, les choses seraient inversées.

— Bien sûr. Qu'est-ce qui se passe ?

— Je vais faire des heures supplémentaires le trois et quatre juillet, mais j'ai un weekend de trois jours après à partir de vendredi. Je me suis dit qu'on pourrait aller camper. J'ai aussi acheté un VTT la semaine dernière, alors on pourrait se faire une randonnée.

J'étais aux anges. J'ai toujours adoré passer du temps dans la montagne, mais je devais généralement y aller seul. Parfois, Brian et Lizzy m'accompagnaient, mais entre le travail de Brian et le magasin, c'était assez difficile d'arriver à nous échapper tous les trois en même temps. L'idée d'avoir de la compagnie, particulièrement celle de Matt, était grisante.

— Ça me paraît super !

— Tu veux que je passe te chercher ?

— Oui. Passe tôt vendredi. On pourra d'abord aller petit-déjeuner, puis récupérer notre équipement avant de partir.

— Je serais là.

— Tu as prévu d'inviter Cherie ?

Il me lança un regard horrifié.

— Pourquoi voudrais-je gâcher ce weekend parfait ?

XI

IL FRAPPA à ma porte à 7h30 le vendredi matin. J'étais toujours au lit.

— Bon Dieu, grognai-je en le laissant entrer. Quand j'ai dit 'tôt', je ne voulais pas dire à l'aube.

J'ai du mal à être de bonne humeur avant 9 heures du matin.

Il ne rit pas mais n'en était pas loin. Ses yeux pétillaient et il me talocha avec humour l'arrière du crâne.

— De quoi tu parles ? Le soleil est levé depuis presque deux heures !

— Oh bordel, je hais les gens du matin.

J'allai dans la cuisine me faire du café.

— Pour la petite histoire, 'tôt' veut dire 'avant midi'.

Cette fois il rit. Je l'avais désormais entendu rire deux fois. Et oui, je comptais.

Nous sortîmes petit-déjeuner avant de préparer notre équipement.

— Assure-toi d'avoir pris assez de vêtements chauds, l'avertis-je.

— Pourquoi aurais-je besoin de vêtements chauds ? C'est l'été !

— On va camper à plus de trois milles mètres. Il fera froid quand la nuit va tomber, crois-moi.

— Où est ce camping exactement ? demanda Matt, suspicieux.

— Ce quoi ? ris-je.

— On ne va pas dans un camping ?

Son air perdu me fit rire encore plus.

— Oh mon Dieu, non ! Aucun terrain de camping ne serait aussi bien que là où on va !

Nous chargeâmes nos affaires pour prendre la route vers 11 heures.

Il suivit mes instructions jusqu'au plus profond de la forêt nationale, puis sur un chemin terreux, et de là sur une route pour 4x4 pleine de nids-de-poule.

Il regarda autour de nous d'un air dubitatif. Nous longions la montagne. À notre gauche, une paroi rocheuse aride s'élevait vers le ciel. À notre droite au contraire, il y avait une pente dangereuse.

— Tu es sûr de savoir où tu vas ?

Je lui souris.

— Fais-moi confiance.

Je lui indiquai où s'arrêter au bord de la route. Il y avait juste assez de place pour garer la Jeep. On commença à décharger. Il jetait toujours des regards sceptiques autour de lui.

— Bien, on va devoir faire deux voyages, dis-je alors que je lui passai la glacière.

— C'est loin ?

— Non. Le chemin est un peu raide cela dit, alors essaye de ne pas porter trop de choses à la fois. Le plus chiant va être de devoir tout rapporter dimanche.

Il me suivit en aval à travers les buissons et les arbres. Il n'y avait pas vraiment de sentier mais je n'en avais pas besoin. Nous marchâmes environ cent mètres, jusqu'à ce que le terrain devienne plus plat, puis vers la droite sur encore trois cent mètres jusqu'à atteindre une petite clairière.

Peu de gens connaissaient ce coin. Ma famille venait ici depuis que j'étais gamin et son emplacement était un secret que nous gardions jalousement. Nous avions taquiné Brian en lui disant qu'on avait su qu'il épouserait Lizzy lorsqu'il l'y avait enfin emmené pour la première fois.

Il y avait un foyer pour le feu délimité par des pierres que Brian et moi avions ramassées. Il y avait des bancs, taillés par mon grand-père et mon père à partir de vieilles souches. Certaines familles ont des résidences secondaires. C'était la nôtre.

Une fois arrivé, je déposai mon sac et restai immobile, debout, profitant du moment. Derrière nous, sur la droite, se trouvait un grand pilier rocheux semblable à celui que Matt et moi avions escaladé le jour de notre rencontre. En face de nous, il y avait une rivière. Enfin, dans le Colorado c'est une rivière. Pour le reste du pays ça s'appelle sûrement un ruisseau. C'était comme ça que mon grand-père l'appelait – quand il le disait, ça sonnait plutôt comme 'ru'sso'. Quatre mètres environs séparaient les deux rives, avec seulement un mètre, ou un peu moins, de profondeur, mais le courant rapide s'écrasait sur les pierres qui le tapissaient. Il était possible par endroit de traverser sans se mouiller grâce à ces énormes pierres, du moment que vous ne glissiez pas. Le soleil brillait à travers les arbres, et les éclaboussures provoquées par l'eau sur les rochers créaient des centaines de petits prismes lumineux. De notre côté du ruisseau, il y avait surtout des conifères, mais sur l'autre rive se trouvait un petit bosquet de peupliers dont les feuilles bruissaient dans la brise.

Alors que je me tenais là, je me laissai emplir par ce lieu et les sentiments qui y étaient attachés. Je me demandais souvent si c'était ce que ressentaient les gens croyants quand ils priaient. Un sentiment merveilleux de révérence, d'émerveillement, de sérénité et d'appartenance. La douce brise, l'odeur de la forêt, le son du courant, le bruissement des feuilles : ils semblaient me compléter, comme si mon âme s'ouvrait et était soudain épurée. C'était la seule chose dans ma vie que j'aurais pu qualifier de spirituel.

Derrière moi, j'entendis Matt me dire :

— Jared, c'est magnifique.

— C'est l'endroit que je préfère au monde.

Ça paraissait un peu puéril, mais c'était vrai.

— Tu avais raison. C'est beaucoup mieux que n'importe quel camping.

Nous avons installé notre campement, puis profité du reste de la journée pour faire de la randonnée et du vélo. Nous avons fait griller des hotdogs au-dessus du feu pour le dîner. Quand le soleil s'est couché, on a allumé un feu de camp avant d'ajouter des épaisseurs à nos vêtements pour nous tenir chaud. Nous n'étions jamais à court de sujets de conversations. Enfin, longtemps après le coucher du soleil, nous avons laissé le feu mourir, laissant place à des braises crépitantes, pour s'installer confortablement dans nos chaises, les yeux levés vers ces millions d'étoiles qu'on ne voyait pas en ville. La lune était à peine un éclat argenté et la voie lactée, un ruban scintillant au-dessus de nous.

La voix de Matt dans l'obscurité me dit :

— Merci de m'avoir amené ici.

— Merci d'être venu.

On se dirigea enfin vers la tente. On avait envisagé d'en prendre deux, mais c'étaient de très grandes tentes, et au final, la Jeep disposait d'une place limitée, il a fallu se résoudre à partager.

— C'est toujours la partie la plus difficile, dis-je alors que je me déshabillai, ne gardant que mon boxer.

— L'astuce, c'est de se déshabiller et de se faufiler dans ton sac de couchage le plus vite possible.

— Tu es fou ? demanda-t-il. Il fait trop froid.

— Tu auras plus chaud dans ton sac sans tes vêtements, lui répondis-je en grimpant dans le mien. De cette façon, Il n'y a que ton corps qui réchauffe le sac et le sac qui te réchauffe. Les couches de vêtements font perdre de la chaleur. Bien sûr, c'est l'enfer quand tu as besoin d'aller pisser dans la nuit. Mais tu auras bien plus chaud, crois-moi.

J'avais tout zippé à présent et commençai à avoir agréablement chaud, et même déjà à m'assoupir.

— Tu peux garder ton Damart si tu veux.

Je bâillai.

— T'as jamais été scout ?

— Non, on n'est jamais restés nulle part assez longtemps.

Il commença à se dévêtir, puis me regarda, un sourcil arqué, et plaisanta.

— C'est une ruse pour me voir nu, avoue.

Je ris.

— T'as raison. En fait, il va faire si froid cette nuit que notre seule chance de survie sera de partager mon sac de couchage.

Il rit lui aussi à ma blague, puis retira son tee-shirt et je dus me concentrer pour ne pas le dévorer des yeux. Son corps était magnifique, juste comme je l'avais imaginé : fort, la silhouette allongée, aux muscles bien dessinés. Son torse était imberbe, mais une certaine pilosité autour de son nombril formait un chemin sombre qui s'épaississait en disparaissant sous l'élastique de son survêtement. Je n'imaginais que trop bien où menait cette piste d'épais poils sombres. Soudain, l'idée de partager mon sac de couchage avec lui, même si cela n'avait été qu'une blague, domina mes pensées. Je ne pus m'empêcher d'imaginer cette peau douce contre la mienne, suivre ce chemin des doigts. Mon corps réagissait d'une manière qui l'aurait horrifié, et je fus soulagé d'avoir réussi à me glisser dans mon sac de couchage avant qu'il commence à se dénuder.

Je fermai les yeux pendant qu'il terminait de se déshabiller. Inutile de me torturer encore plus. Je l'entendis se glisser dans son sac de couchage et le fermer, puis il éteignit la lanterne.

Le silence s'installa pendant un moment, puis il dit :

— Jared ?

— Hmm ?

— Bonne nuit.

Je passai la nuit à enchaîner des rêves érotiques au sujet de Matt et au matin me réveillai excité comme un fou. Il était déjà levé, alors je profitai d'être seul dans la tente pour essayer de me débarrasser de mon problème le plus rapidement et silencieusement possible. Une fois habillé, je le rejoignis dehors et fus heureux de constater qu'il avait déjà préparé le café. Il me gratifia de son pseudo-sourire tout en m'en tendant une tasse.

— Qu'y a-t-il de si drôle ? lui demandai-je.

— Tu parles dans ton sommeil.

Oh merde ! C'était vrai, parfois je parlais en rêvant ; je tentai d'avoir l'air décontracté lorsque je lui demandai :

— Qu'est-ce que j'ai dit ?

J'espérai ne pas avoir parlé de lui.

— Tu as dit 'laisse-moi la suivre', et j'ai demandé 'suivre quoi ?', alors tu as répondu 'sa piste'.

Je me détournai pour qu'il ne me voie pas rougir et répondit :

— Je rêvais que je faisais du vélo.

XII

ON A passé les semaines suivantes à explorer les pistes les plus faciles à vélo, le temps qu'il apprenne à faire du VTT en montagne. Il était en bonne condition physique et ce qui lui manquait en pratique, il le compensait par son endurance. Enfin, début août, nous décidions d'essayer une des pistes les plus difficiles.

C'était une journée chaude, étouffante, sans un courant d'air frais pour nous rafraîchir. Le ruisseau s'était asséché au point de n'être plus qu'un mince filet. La terre était brûlée par le soleil. On aurait dit que rien ne bougeait dans la forêt, hormis nous.

On était à mi-parcours quand je l'entendis tomber derrière moi. Lorsque je me retournai, il était allongé sur le dos, sur la piste poussiéreuse, mais à ma grande surprise, il souriait. Pas son pseudo-sourire, mais un vrai, un authentique sourire allant jusqu'aux oreilles. C'était la première fois que je le voyais, et ce fut comme si le soleil émergeait finalement de derrière les nuages.

— Oh putain, ça fait mal !

— Est-ce que ça va ?

— Je survivrai.

Il s'assit en grognant.

— Je crois que je me fais vieux.

Il avait une énorme éraflure qui allait de son front à son menton.

— Hé, regarde-moi ça ! s'écria-t-il, stupéfait. Je saigne !

Son sourire ne fit que s'élargir.

— Ce n'est pas une vraie sortie si tu ne saignes pas.

— Oh vraiment ? Tu sors ça du manuel des membres du Club de VTT Masochistes ?

— Bien sûr. C'est la règle numéro trois.

Je profitai de cette pause pour essayer de rattacher à nouveau mes cheveux dans une queue de cheval. Des boucles s'échappaient de partout et me tombaient dans les yeux. Matt se leva et examina sa blessure à la jambe.

— Le sang coule jusqu'à ma chaussure.

— Mets un peu de terre dessus.

— Quoi ?

Il riait à présent, arborant toujours ce superbe sourire, et me regardait comme si j'étais fou.

— Frotte un peu de terre dessus pour aider à stopper le saignement.

— Ça aussi tu le sors de ton manuel du masochiste ?

— Je crois que c'est une astuce qui vient du baseball.

— D'accord, mais si je finis avec une infection monstre et qu'on m'ampute la jambe, je te tiendrai pour responsable.

— Je paierai ta prothèse.

Nous atteignîmes le sommet où l'on pouvait admirer la vallée qui s'étendait sous nos pieds. Il se tourna vers moi avec ce sourire lumineux – cela faisait deux fois que je le voyais et il me coupait le souffle – puis il me dit :

— Le vélo, c'était définitivement une bonne idée.

Nous avons passé le reste de l'été ensemble. Je ne me souvenais pas d'avoir été aussi heureux. C'était si agréable d'avoir un ami avec qui sortir. Parfois, je ne pouvais m'empêcher de souhaiter qu'on soit plus que des amis, mais ce n'était jamais assez pour diminuer mon enthousiasme à l'idée de passer du temps avec lui. Enfin, je n'étais plus seul. C'était la meilleure sensation au monde.

On a fait du camping, du VTT dans les montagnes, du géocaching. On sortait dîner au restaurant ou chez Brian et Lizzy, ou alors on se contentait de rester sur mon canapé à boire de la bière et à regarder des émissions stupides à la télé. Quelques fois, on cuisinait même chez moi et il m'aidait alors à faire la vaisselle après. Ça faisait étrangement vie conjugale.

Un après-midi, j'ai trouvé un vieux jeu de Touché-Coulé dans un placard et on a passé plusieurs jours à se défier jusqu'à ce qu'il me surprenne en train de tricher. Dans ma famille, tricher a toujours été une partie du plaisir, mais lui a été scandalisé par mon irrespect éhonté pour les règles et après ça il a refusé de jouer à nouveau avec moi.

La plupart de ses soirées et journées de repos, il les passait avec moi. Je savais que de temps en temps il allait ensuite chez Cherie, mais comme il l'avait dit, il ne semblait pas intéressé par l'idée d'une relation plus sérieuse avec elle. Il ne parlait jamais d'elle. Les quelques fois où je proposais, sans vraiment le penser, de l'inviter à se joindre à nous, il me regardait comme si j'avais suggéré l'impensable. Ça ne me dérangeait pas.

XIII

— J'AI ACHETE de quoi faire des nachos, dit Matt en entrant dans la cuisine et me tendant une bière.

— Tu fais des nachos ?

Il me livra son pseudo-sourire.

— Je croyais que ce serait toi qui les ferais.

Je lui jetai ma capsule dessus. Il l'ignora et jeta un coup d'œil à la télé.

— Football de pré-saison ? Quel l'intérêt ?

— C'est mieux que pas de football du tout.

— Tu sais…

Il me taquinait.

— Je croyais que les homos n'étaient pas censés aimer le football.

Je levai les yeux au ciel.

— Ouais, je l'ai déjà entendue, celle-là. Mais jusque-là, personne n'est venu révoquer ma carte de membre du club gay.

Il rit et reporta son attention sur le petit écran.

— Les Cowboys et les Broncos ? Mince, je vais devoir encourager tes Broncos pour une fois.

Un rire de surprise m'échappa.

— Vraiment ? Ça m'étonne !

— J'encourage toujours l'équipe qui joue contre les Cowboys, juste pour énerver mon père.

— J'avais oublié qu'il les soutenait. Moi aussi je vais devoir encourager les autres équipes à partir de maintenant, par principe.

— Plus qu'une semaine, me dit-il, et je savais exactement de quoi il parlait.

Il comptait les jours jusqu'à ce que la saison de football américain commence. Sans compter mon père et Brian, c'était la première personne de ma connaissance à se passionner autant pour ce sport que moi.

— Et la semaine d'après, on regardera mes Chiefs botter le cul de tes Broncos.

Comme elles étaient rivales en division, nos équipes s'affronteraient deux fois durant la saison.

— On verra ça !

— Le perdant paye à dîner toute une semaine.

— Tenu.

Il leva sa bière comme pour un toast mais tressaillit un peu.

— Tu as toujours mal à cause de cette chute de vélo de la semaine dernière ?

— Oui. Ce qui ne serait pas si terrible, sauf que maintenant je ne peux pas dormir correctement. Ce matin je me suis réveillé avec un énorme nœud dans l'épaule. C'est sûrement un signe de mon vieil âge.

Je ne réfléchis pas vraiment avant de proposer :

— Je peux arranger ça, si tu veux.

Il avait les yeux pétillants, ce qui voulait dire qu'il était sur le point de rire.

— Quoi ? Mon vieil âge ?

— Non, petit malin, ton épaule.

— Comment ?

Il était assis sur le bord du canapé, alors il fut facile pour moi de me lever et de m'assoir derrière lui.

— Enlève ton tee-shirt.

— Quoi ?

Il se tordit pour me regarder avec horreur, comme si j'avais suggéré qu'il me fasse un strip-tease.

— Calme-toi.

Je le talochai.

— Je suis doué. J'avais l'habitude de le faire pour ma mère. Elle avait les épaules toutes nouées à force de peindre des heures durant.

— Je ne préfèrerais pas.

— Écoute, t'as pas besoin de te sentir gêné, hein.

Il avait l'air sceptique.

— Je ne suis pas en train de te draguer, juré.

— D'accord.

60

Peut-être un peu moins sceptique maintenant.

— Ça fait mal, non ?

— Ouais.

— Alors arrête de baliser et retire ton tee-shirt, gros bébé. Ça te fera du bien, fais-moi confiance.

Il n'y a rien d'aussi jouissif que de traiter un grand gaillard de bébé, histoire de lui faire faire ce que vous voulez. Il y réfléchit une seconde, puis haussa légèrement les épaules.

— D'accord.

Il retira son tee-shirt puis se retourna vers la télé.

— Rien en-dessous de la ceinture.

Je savais que c'était au moins à moitié une plaisanterie alors je ris.

— Je te le jure.

Il était toujours assis, penché, sans s'appuyer contre moi, ce qui me rendait la tâche plus facile. Son dos était large et très musclé. Ça n'avait rien à voir avec masser les petites épaules fragiles de ma mère. Je me rendis rapidement compte à quel point on devait avoir les mains fortes pour faire ce métier.

Il était nerveux au début, mais plus j'y travaillais, plus il se détendait. Sa tête retomba en avant et il émit un grondement sourd, comme un ronronnement, pendant que je m'occupais avec soin de ce nœud, évitant le bleu énorme de l'autre côté, résultat de sa chute à vélo. Il y avait une vieille cicatrice au milieu de son dos, du côté gauche, tout près de sa colonne vertébrale. Je l'avais vu auparavant mais je n'avais jamais abordé la question. Je la caressai du doigt et le sentit frémir.

— Qu'est-ce qui t'es arrivé ?

— J'ai escaladé une clôture en barbelé au ranch de mon grand-père.

Il s'interrompit brusquement et je crus qu'il n'ajouterait rien, mais après une minute, il reprit :

— Je n'étais qu'un enfant. On était à Pâques et ma mère m'avait mis de beaux habits. Je n'étais pas censé aller dans le pré mais je voulais voir les chevaux. J'ai cru qu'elle ne le saurait jamais, mais j'ai trouvé le moyen de trébucher en traversant la clôture et me suis accroché aux barbelés. Ils ont fait un trou énorme dans ma nouvelle chemise et j'ai fichu du sang partout sur mon pantalon. J'étais sûr que mon père allait me donner la fessée du siècle.

— Il ne l'a pas fait ?

— Non. Ma mère était fâchée mais je ne sais pas pourquoi, mon père a juste ri.

— Vraiment ?

C'était surprenant.

— Ouais.

Il resta silencieux une seconde, puis ajouta doucement :

— C'était il y a longtemps.

Vue la manière dont il le dit, il ne voulait plus parler de son père.

— Une fois, Brian et moi avons réussi à renverser le rayon entier de clous au magasin. Des centaines de clous éparpillés, de tailles différentes, par terre. Peut-être des milliers, je ne sais pas. Beaucoup trop de ces putain de clous, ça je le sais.

— Tu as eu des ennuis ?

— Mon père était énervé comme pas possible, mais mes parents ont toujours pensé que la punition devait être en accord avec le crime.

— Alors, que s'est-il passé ?

— On a passé les cinq heures suivantes à tous les ramasser et les trier pour les remettre dans les bonnes boîtes. Des clients entraient dans le magasin, nous voyaient et commençaient à nous aider, mais alors mon père disait : 'C'est eux qui ont fait ce tapis de clous, ils peuvent le ranger aussi !'

Matt rit quelques instants, moi je continuais à le masser. Sa peau était plus foncée que la mienne et, à l'exception de quelques cicatrices, parfaite.

— Ton grand-père a un ranch ?

— Avait, au passé. Il appartenait aux parents de ma mère, mais ils nous ont quittés alors le ranch est allé à mon oncle qui l'a vendu. C'était beaucoup plus marrant quand j'étais gamin avec mes cousins. Mais nous n'y allions pas souvent. La famille de maman n'aimait pas beaucoup mon père.

Involontairement, le sujet de son père revenait sur le tapis.

— Pendant deux ans, on a habité à moins de cinquante kilomètres de chez eux et je pouvais les voir presque tous les weekends. Mais on a déménagé à nouveau. Le plus longtemps où nous sommes restés quelque part, c'est trois ans, de ma Troisième à ma Première. Je détestais ça.

— C'est pour ça que tu ne t'es pas engagé dans l'armée ?

Il hésita un instant avant de répondre.

— En partie.

Je devinais au son de sa voix qu'il n'allait pas développer.

— Ç'a dû être agréable de vivre au même endroit toute ta vie.

— En quelque sorte. Mais quand je suis revenu après l'université, j'ai un peu ressenti ça comme un échec. Comme si tous les autres s'en allaient et que j'étais le seul à retourner vivre près de mes parents. J'avais l'impression que seuls les ratés étaient toujours coincés ici. Comme Dan et Cherie.

Je m'interrompis, réalisant que je n'aurais peut-être pas dû dire ça, mais il ne sembla rien remarquer, alors je repris.

— Je suppose que je m'y suis habitué. J'aime vivre ici. J'aime le Colorado. Je ne crois pas que je pourrais vivre loin des montagnes. À chaque fois que je vais dans l'est, ça ne me semble pas naturel de ne plus les voir. Je ne peux pas l'expliquer. C'est comme si je perdais mon point de repère. Comme si j'avais un compas intérieur qui indiquait l'ouest au lieu du nord.

Je m'arrêtai, regrettant d'en avoir autant dit.

— Voilà. C'est mieux ?

Il se laissa un peu aller contre moi, la tête sur ma cuisse, et leva les yeux vers moi.

— Oui, ça va mieux. Tu avais raison.

— J'te l'avais dit.

— Merci.

Mais il ne bougea pas. Les yeux fermés, il semblait à moitié endormi.

Sa tête était pratiquement sur mes genoux. Ça n'avait pas l'air de le déranger mais ça me paraissait incroyablement intime. Soudain, mon cœur s'emballa et ma bouche devint sèche. Je ne pouvais détourner mes yeux de lui. À cet instant, rien d'autre n'existait. Je n'avais jamais vu une beauté aussi brute que la sienne. Sa mâchoire était solide et carrée et une barbe sombre d'au moins une journée couvrait ses joues. Ses lèvres étaient lisses et pleines. Il ne portait jamais de lunettes de soleil et il avait de fines rides autour des yeux, légèrement plus pâle que sa peau bronzée. Ses cils n'étaient pas longs, mais ils étaient bien noirs et épais.

J'aurais pu l'observer toute la nuit. J'étais conscient de cet étrange sentiment qui semblait envahir mon être tout entier. Il était écrasant, presque douloureux, mais cependant pas désagréable. Sans doute devais-je rayonner à cause de lui. Ce courant qui me traversait, rendait ma peau fiévreuse. Il le sentait sûrement, là où sa tête touchait ma cuisse. Comment pouvait-il être si près de moi, me toucher et ne pas réaliser ce que je ressentais pour lui ? J'avais toujours su qu'il m'attirait. J'avais toujours aimé passer du temps avec lui. Mais je réalisai en cet instant, qu'à un moment au cours de ces dernières semaines, c'était devenu quelque chose de plus.

Je l'aimais.

Ce fut une douloureuse prise de conscience, si douloureuse qu'elle m'en coupa le souffle, de découvrir que j'étais totalement amoureux d'un homme qui ne m'aimerait jamais en retour.

Tout ce que je voulais, c'était l'embrasser et j'étais à la fois ennuyé et soulagé de ne pouvoir le faire dans cette position. Je n'aurais pas été capable de m'arrêter sinon. Ma main bougea de sa propre volonté et vint se poser sur sa joue, le bout de mes doigts touchant sa mâchoire. Ses paupières s'ouvrirent lentement et il me contempla, ses prunelles vertes et grises plongées dans les miennes. Je sus alors qu'il le lisait dans mes yeux. C'était impossible qu'il me regarde à cet instant et ne voie pas ce que je ressentais.

Lentement, il leva la main, attrapa mes doigts et les éloigna de sa joue. Il ne me relâcha pas. Il avait la voix grave mais douce quand il demanda:

— Es-tu sûr de ne pas être en train de me faire des avances ?

Je fus tout d'abord incapable de répondre. Ça n'avait certainement pas été mon intention première, mais à ce moment-là, je me dis que je ne supporterais pas de ne pas l'avoir.

— Est-ce que j'aurais une chance ?

Ma voix était à peine plus forte qu'un murmure.

Il hésita une seconde, soit parce qu'il était incertain de la réponse, soit parce je n'allais pas l'aimer, je ne savais pas. Puis, tout aussi doucement, il secoua la tête.

— Non.

Je m'étais attendu à cette réponse, et pourtant, je n'arrivais pas à croire à quel point ça faisait mal. Je ne pouvais plus le regarder. Je dus fermer mes yeux et me rappeler de prendre une inspiration tremblante. J'arrivai à peine à parler à travers la soudaine boule dans ma gorge.

— Alors ça n'a pas d'importance, pas vrai ?

Je fis mine de m'écarter, mais il resserra brusquement la main me retenait.

— Jared ?

Quand je baissai les yeux vers lui, il demanda :

— Veux-tu que je parte ?

Sa question me surprit et je répondis sans mentir :

— Non, pas du tout.

Je me libérai et me levai, lui tournant le dos, une main sur les yeux.

— Matt, je…

Je ne savais pas trop ce que j'allais dire et ce qui sortit fut :

— Je suis désolé.

— Ne le sois pas.

Il répondit avec telle douceur et une telle sincérité que je me sentis un peu mieux. C'était un soulagement de savoir qu'au moins mon désir ne m'avait pas coûté son amitié. Mais je n'arrivais toujours pas à le regarder. Du coin de l'œil, je le vis se lever et remettre sa chemise. Il s'approcha de moi et posa la main sur mon épaule, attendant que je lève enfin les yeux vers lui. Il me gratifia alors d'un de ses pseudo-sourires.

— Allez. Allons faire ces nachos.

ON A passé le dernier dimanche d'août sur mon canapé à regarder le football. Nous étions aussi excités que des gamins le jour de Noël à l'idée que la saison commence. Le matin nous supportions la même équipe, mais au match de l'après-midi, nous étions l'un contre l'autre. Je n'avais jamais expérimenté un sentiment de camaraderie si parfait. On riait ensemble, on s'insultait, on se jetait parfois des choses dessus et on buvait trop de bières. Vers la fin, il a laissé échapper un soupir heureux, appuyé contre moi sur le canapé et dit :

— Je suis vraiment content de venir ici tous les dimanches.

— N'oublie pas qu'il y a match le lundi aussi.

XIV

J'ALLAIS AU travail à vélo depuis des années, ne me résolvant à utiliser ma voiture que s'il neigeait. Je n'en suis pas certain, mais j'ai toujours pensé que c'était la seule chose qui me permettait de rester aussi svelte. La plupart du temps, j'aimais ça, mais pas aujourd'hui. Il y avait un de ces orages de fin d'après-midi, typique d'un début de mois de septembre dans le Colorado. La pluie était glacée et ma visibilité limitée. Le pire était que j'avais prévu de faire un arrêt par l'épicerie sur le chemin du retour parce que je n'avais rien à manger chez moi. Mais avec cette pluie, la seule chose que je voulais, c'était rentrer chez moi et me sécher.

Peut-être que Matt viendrait ce soir. On commanderait une pizza.

J'avais la tête baissée et pédalait sur le trottoir aussi vite que je pouvais quand une voiture me percuta. Elle sortait d'un garage, lentement, ce qui me sauva probablement. Le conducteur parlait dans son portable, distrait, exactement comme Lizzy l'avait prédit. J'espérai qu'elle serait contente.

Il me percuta par la gauche. Je sentis l'avant du capot heurter ma tête, puis je m'envolai dans la rue. Je réaliserais plus tard à quel point j'avais été chanceux qu'il n'y ait aucune voiture à ce moment-là. Je glissai sur quelques mètres sur l'asphalte, avant de m'arrêter au milieu de la rue.

— Oh merde, je suis désolé ! Je n'ai pas regardé ! Vous êtes blessé ?

Le conducteur était déjà sorti de sa voiture, penché au-dessus de moi. Je le reconnus car je l'avais déjà aperçu en ville. Il s'appelait Jason. À part ça, je ne savais rien de lui.

— Je crois que ça va.

En fait, je n'en avais aucune idée. J'étais étourdi et j'essayais d'évaluer les dommages. Je n'avais pas mal pour l'instant, mais ça ne voulait pas dire que je n'avais rien.

— Il vaudrait mieux que je vous emmène à l'hôpital.

Quand je levai les yeux vers lui, je fus surpris de voir à quel point il avait l'air effrayé.

— Je crois que ça va.

En vérité, c'était surtout l'état de mon vélo qui m'inquiétait.

— Vous saignez.

Jason montra la zone de mon oreille gauche.

Je m'effleurai la tête et découvrit que ma main était couverte de sang rapidement lavé par la pluie.

— Oh merde…

Il y avait du sang sur ma chemise et dans les flaques à côté de nous.

Jason se mit alors à paniquer.

— Laissez-moi vous emmener à l'hôpital !

Je commençais à avoir mal. J'avais le choix entre le laisser m'emmener ou attendre ici la police et une ambulance. Je le suivis dans sa voiture.

— VOTRE BLESSURE a l'air plus grave qu'elle ne l'est en réalité, me dit le docteur. Bien sûr, si vous aviez porté un casque, vous seriez déjà rentré chez vous avec quelques bosses et quelques bleus au lieu de saigner dans mes urgences.

Je savais bien qu'il avait raison. Pire que ça, je savais que Lizzy, Brian et ma mère allaient tous me répéter le même sermon au moins une centaine de fois dans les jours qui allaient suivre.

— Il n'y a aucun signe de commotion cérébrale, donc une fois que vos blessures seront nettoyées et bandées, vous serez libre de rentrer chez vous. Quelqu'un peut-il venir vous chercher ?

— Oui.

— Bien. Je vais vous donner de l'oxycodone…

— Je hais ce truc. Ça me donne des démangeaisons.

— C'est un effet secondaire assez courant. Voulez-vous du Vicodin à la place ?

— Oh que oui !

— Je vais vous en donner un peu maintenant, puis une plus forte dose à prendre chez vous avant de vous coucher. Mais juste pour ce soir. Vous serez assez endolori demain, mais essayez de vous contenter d'antidouleurs sans ordonnance.

— Compris.

Tout commençait à me faire mal, et je savais que ça n'allait qu'empirer.

Ils me donnèrent la première tournée de médicaments puis refermèrent la plaie sur ma tempe gauche avec quelque chose qui sentait bizarrement comme de la super glue. En plus d'être couverte de sang, ma chemise était fichue à cause de ma glissade sur l'asphalte. Ils la jetèrent, nettoyèrent la brûlure géante et douloureuse à mon côté droit, puis étalèrent une sorte de pâte dessus avant de me faire un bandage. Ils me donnèrent ensuite une blouse bleue pour rentrer à la maison.

La police vint m'interroger. Apparemment, Matt n'était pas de service. Jason me donna ses papiers pour l'assurance et promit de me rapporter mon vélo chez moi. Tout ça sembla prendre une éternité. Il était presque 9 heures quand le docteur m'apporta enfin ma seconde dose de Vicodin.

— Vous pourrez en reprendre dans quelques heures, me dit-il en me le tendant.

Je hochai la tête, sachant que je n'attendrais pas si longtemps. Il me tendit un téléphone sans fil.

— Appelez pour qu'on vous ramène. Je veux parler à cette personne avant votre départ.

Je pris les pilules dès qu'il quitta la pièce et réfléchit à qui contacter. Lizzy serait dans tous ses états, elle pleurerait, essaierait de me couver. Brian me crierait dessus, me traiterait d'idiot. Maman pleurerait et me sermonnerait tout autant.

J'appelai Matt.

— Salut Jared, dit-il en décrochant. Où Diable es-tu ? Je suis passé chez toi.

— Je suis à l'hôpital. Est-ce que tu peux venir me chercher ?

— Est-ce que ça va ? Que s'est-il passé ? demanda-t-il, sincèrement inquiet.

— J'ai été heurté par une voiture, mais...

Bien sûr, il ne me laissa pas terminer.

— Quoi ? Bon Dieu, Jared, tu vas bien ?

— Je vais bien, oui. Mais ils ne me laisseront pas partir à moins qu'on me ramène chez moi.

— Je serai là dans cinq minutes.

Quand Matt arriva, le docteur le prit à part dans le couloir où ils discutèrent un moment. Le temps qu'on s'installe dans la voiture, je me sentais déjà mieux.

— S'il te plaît, ne me fais pas la leçon, dis-je en montant. Attends qu'il fasse jour.

— D'accord, me répondit-il comme si ça ne lui était même pas venu à l'esprit.

Je l'en aurais embrassé.

Le temps qu'on arrive chez moi, j'étais crevé, je ne tenais plus sur mes pieds.

Entre le Vicodin et le contrecoup de l'adrénaline, c'était à peine si je pouvais mettre un pied devant l'autre. Je m'assis sur le canapé, m'étendis et fermai les yeux. Je le sentis s'assoir à côté de moi. Rien ne se passa dans la minute qui suivit. Ou peut-être était-ce l'heure.

Le monde entier était flou, pas vraiment réel. Je savais que je souffrais mais je flottais loin de ma douleur, grâce aux médicaments et au réconfort que m'apportait ma maison. Je me suis peut-être endormi un peu. Je n'en suis pas sûr. À un moment, je pris à nouveau conscience de sa présence à mes côtés et d'une caresse aussi délicate qu'une plume près de ma tempe, où se trouvait ma blessure. J'entrouvris les yeux. Il était à côté de moi, me faisant face, une jambe sous lui, observant ma plaie à la tête. Ses doigts repoussaient doucement mes cheveux en arrière pour mieux voir. Mes yeux se refermèrent et je dérivais un peu, avec la sensation de ses doigts dans mes cheveux. J'avais toujours mal à la tête mais ce léger contact était agréable.

— Bon Dieu, Jared, dit Matt, et ce n'était pas sa voix taquine habituelle.

C'était un murmure, vraiment tendu, qui me surprit. Je rouvris un peu les yeux. Il était penché tout près de moi, me regardant. Je n'avais jamais vu cette expression sur son visage auparavant. Ses sourcils étaient un peu froncés, ses yeux, pas très loin des miens, sombres et tourmentés. Ses doigts semblaient toujours se mouvoir dans mes cheveux, presque comme une caresse, mais mon cerveau embrumé ne pouvait en être sûr.

— Tu aurais pu mourir.

Même dans cet état second, je fus surpris par l'intensité de sa voix, l'émotion que je percevais dans ces quatre mots. Je n'avais aucune idée quoi répondre et ce qui sortit de ma bouche fut :

— Je vais bien.

Il ferma les yeux. Ses doigts s'immobilisèrent dans mes cheveux.

— Merci mon Dieu.

Je n'arrivais pas à réfléchir. Quelque chose clochait, quelque chose n'allait pas, mais je n'arrivais pas à trouver quoi. Il ouvrit enfin les yeux et je dus avoir l'air perdu parce que, soudain, il me sourit un peu et dit :

— Quelle dose de Vicodin t'ont-ils donné, déjà ?

— Tout ce qu'il faut.

J'aurais facilement pu passer le reste de la nuit ici et n'avais pas du tout envie de m'éloigner de ses doigts enfouis dans mes cheveux, me touchant à peine.

Il secoua la tête, souriant toujours un peu.

— Allez. Il est temps d'aller au lit.

Il se leva, me tira du canapé et me poussa vers ma chambre. Une fois arrivé là, il demanda :

— Est-ce que tu as un survêtement qui pourrait m'aller ?

Je ne compris pas mais lui indiquai un tiroir.

— D'accord.

Il se mit à le fouiller. Il me jeta un coup d'œil, un sourcil arqué, amusé.

— Jared, ce n'est pas moi qui vais te déshabiller.

Il plaisantait.

— Tu vas devoir te débrouiller tout seul.

Je n'avais pas réalisé que c'était ce que j'étais censé faire. Je retirai sagement mes chaussures et chaussettes puis mon pantalon et m'assis sur mon lit. Je n'étais pas certain de la suite.

Matt s'approcha et me regarda avec son pseudo-sourire.

— Ça ira.

Il fit passer la blouse bleue de l'hôpital par-dessus ma tête. Son expression s'assombrit à nouveau quand il vit mes bleus et les bandages sur mes côtes, et il afficha ce regard étrange que je ne reconnaissais pas. Puis il me poussa gentiment en arrière sur le lit. Je me tournai de l'autre côté et m'y pelotonnai avec soulagement. Il tira la couverture et m'en recouvrit. Quand quelqu'un m'avait-il bordé pour la dernière fois ? Mes yeux se fermaient déjà et je me sentais partir à nouveau. Quelques temps plus tard, le sommier grinça. J'entrouvris les yeux. La pièce était plongée dans la pénombre mais j'étais toujours capable de le discerner, s'installant de l'autre côté du lit, vêtu d'un de mes jogging.

— Tu dors ici ? réussis-je à marmonner.

— Je ne vais pas te laisser tout seul cette nuit. Le docteur m'a dit d'appeler si jamais tu commençais à vomir.

— Tu seras là à mon réveil ?

Je ne savais pas pourquoi ça m'importait, mais apparemment quelque chose en moi voulait le savoir.

Je sentis sa main s'enrouler étroitement autour de mon poignet.

— Promis.

JE ME réveillai le lendemain, une bonne odeur de bacon en train de cuire dans l'air. J'étais affamé, j'avais mal absolument partout, un goût affreux dans la bouche et une terrible douleur au crâne. Je me traînai dans la salle de bain, vidai ma vessie, me brossai les dents et me nettoyai un peu. Entre la brûlure d'asphalte et la super glue, prendre une douche n'était même pas une possibilité. Le côté gauche de mon visage, de la tempe à la mâchoire, était un immense bleu. Ouais, ma mère allait péter un plomb. J'aurais préféré être heurté par une autre voiture que de l'affronter.

Mes souvenirs de la soirée après avoir quitté l'hôpital n'étaient que des images brouillées et floues : de la douleur, mais aussi une caresse légère sur mes tempes, une main sur mon poignet dans le noir. Avait-il vraiment dormi avec moi ?

Si ce n'est pas une opportunité manquée, ça, me dis-je en prenant deux doses de Tylenol et d'ibuprofène.

— Comment tu te sens ? me demanda-t-il alors que j'entrais dans la cuisine et m'asseyais au comptoir pour petit-déjeuner.

— Comme si un camion m'était passé dessus.

— Naaan.

Il déposa devant moi une assiette pleine d'œufs, de bacon et d'un toast.

— Seulement une Toyota Land Cruiser.

Un verre de lait et une tasse de café suivirent. Je réalisai qu'à l'exception du café, rien de toute cette nourriture n'avait été dans ma maison. Il avait dû se lever tôt pour aller la chercher.

— Oh bon sang, je suis affamé !

— Tu as eu du Vicodin en guise de dîner.

— Ça explique tout.

J'attaquai mon repas.

— J'ai appelé Lizzy pour la prévenir que tu allais être en retard.

Je gémis en songeant à ce qu'elle allait dire de tout ça.

— Tu lui as raconté ce qui est arrivé ?

— Non.

Il avait l'air amusé.

— Tu veux que j'affronte le pire de son pétage de plomb quand je vais lui annoncer, c'est ça ?

— Tout à fait.

Ses yeux pétillaient, comme s'il riait.

— De plus, elle mourait clairement d'envie de savoir pourquoi j'appelais de chez toi à 7h30 du matin. J'ai pensé que ce serait amusant de laisser son imagination délirante se déchaîner un peu.

En effet, ça allait sûrement l'exciter, je ne pus que rire.

— Tu m'en veux si j'emprunte ta douche ? demanda-t-il.

— Fais comme chez toi.

J'étais presque venu à bout de mon plat. Toutefois, il n'alla pas tout de suite vers la salle de bain. Il resta là, à me regarder, comme s'il était sur le point de dire quelque chose, mais ne savait pas comment. Ce qui me dérangea suffisamment pour que j'arrête de manger et lève les yeux vers lui.

— Quoi ?

Il s'approcha, se tint à côté de moi près du comptoir. Un instant, il ne bougea pas. Je patientai. Je m'attendais à ce qu'il commence un sermon. Mais il se pencha vers moi, posa une main sur ma nuque, à la base de mes cheveux, et m'attira à lui avant d'enfouir son visage dans mes cheveux. Il tremblait. Il prit une inspiration frémissante et ses lèvres effleurèrent mon oreille quand il murmura :

— Ne t'avise pas de me faire à nouveau peur comme ça.

J'en fus abasourdi. Je savais que j'étais son seul véritable ami en ville, mais j'étais réellement surpris de voir à quel point il était secoué. Soudain, je me rappelai l'expression qui l'avait traversé la veille ; cette étrange expression que je n'avais jamais vue. Je me rappelai l'émotion dans sa voix quand il avait dit que j'aurais pu mourir. Il tenait à moi et je me sentis presque submergé tellement j'en étais touché. J'avais dû mal à articuler mais j'arrivai à dire :

— Je ferai de mon mieux.

— Bien.

Il me relâcha, attrapa mon casque posé sur le comptoir et me le fourra dans les mains, d'une poussée assez forte pour me faire grimacer.

— À partir d'aujourd'hui.

Ça n'avait rien d'une suggestion.

Mon premier instinct fut de protester mais quand je levai les yeux, je vis une fois de plus cette expression. Celle de la nuit dernière. Pouvais-je vraiment lui refuser quoi que ce soit ? La réponse était simple : non. Je l'aimais trop.

— Je te le jure.

XV

COMME PREVU, ma famille a paniqué à mort à propos de l'accident, mais en apprenant que Matt m'avait fait promettre de porter un casque, ils se sont calmés. Maman a appelé ça un 'un mal pour un bien'. J'ai essayé de ne pas lever les yeux au ciel. J'ai aussi été soulagé de découvrir que mon vélo n'était pas aussi endommagé que je le pensais. Et puis, en quelques jours, l'incident a été, pour la majeure partie, oublié. Et même si je m'interrogeais un peu sur l'étrange réaction de Matt, j'ai gardé le silence.

— Tu as une tête de déterré !

Je venais juste d'ouvrir ma porte d'entrée pour découvrir Matt, appuyé contre l'encadrement. Je ne savais même pas pourquoi il s'entêtait à frapper. On aurait dit que si j'avais mis plus longtemps à répondre, il se serait endormi sur place.

— Je viens juste de terminer un double service. Je suis épuisé.

Il entra et se laissa tomber sur le canapé.

— T'as déjà acheté à manger ? Je meurs de faim.

— Tu sais bien que non. Mais j'ai faim moi aussi. Allez, allons manger dehors. Je t'invite.

Il grogna.

— On irait où ?

— Chez Mamacita ?

— Non. Cherie risque d'y être.

— Est-ce que c'est un problème ?

— Oui.

— Depuis quand ?

— Depuis que j'ai arrêté de la voir il y a trois semaines.

Ça me surprit mais je laissai tomber.

— D'accord, alors pourquoi pas chez Tony ?

— Non. On ne peut pas y aller non plus.

— Pourquoi pas ?

— La fille blonde… j'ai oublié son nom. Elle me donne tout le temps son numéro de téléphone.

— Peut-être que c'est son jour de repos ?

— Si ça l'est, alors l'autre risque d'être là. Celle qui porte trop de ce parfum hippie hyper fort. Elle s'est quasiment assise sur mes genoux la dernière fois.

Je commençai à sourire malgré moi.

— Est-ce qu'il y a un seul restaurant en ville où on peut aller ?

— Non ! grogna-t-il.

— Ce doit être dur d'être le célibataire le plus convoité de toute la ville.

J'avais beaucoup de mal à ne pas rire.

— Content que tu trouves ça si drôle.

— Et aucune d'entre elles ne t'intéresse ?

Il me regarda directement. Il était si fatigué ; toutes ses défenses à terre alors je savais qu'il le pensait quand il répondit :

— Non. Je préfère être ici.

Bon Dieu, c'était bon de l'entendre le dire, mais j'essayai de garder un ton détaché.

— Tu crois que si tu passes assez de temps avec un homo, elles vont enfin te laisser tranquille ?

— Ce serait un plus, en tout cas.

Il avait désormais les yeux fermés, la respiration de plus en plus lente.

— Jusqu'ici, je n'ai pas l'impression que ça fonctionne.

— Tais-toi, Jared, et commande une pizza.

Quand la pizza arriva, je nous sortis quelques bières et allumai la télé. Il était toujours silencieux et étrangement pensif. Je vérifiai le programme TV.

— Il va falloir attendre la fin des quarante dernières minutes de *The Breakfast Club*, après il y a *La Colère de Khan*.

— Peu importe.

Je ne savais pas trop comment gérer ce côté de lui. D'habitude, il était si solide, mais ce soir il semblait perdu. Comme s'il attendait que quelqu'un le ramène à bon port. Il avait à peine touché à la pizza alors qu'il en était à sa troisième bière.

— Est-ce que tu travailles demain ? demandai-je

— Jour de repos.

— Allons faire du vélo, alors. Ça fait quelques semaines qu'on n'en a pas fait.

Son visage s'illumina un peu.

— Ça marche. De l'exercice me ferait du bien.

Il se tenait avachi, ses grandes jambes étalées devant lui. Il avait la tête renversé et les bras étendus sur le dossier du canapé, de sorte à ce que l'un deux passe derrière moi. La moitié du temps il avait les yeux fermés, et je croyais qu'il somnolait. Le silence s'éternisa un moment, puis soudain il déclara :

— Je déteste ce film.

— Parce que c'est un navet à l'eau de rose ou parce que rien n'explose ?

C'était supposé être une blague mais je n'eus pas l'impression qu'il m'entendit.

— Aucun d'eux ne sait qui il est. Ils se contentent de suivre leur rôle. Ils sont comme leurs parents les ont élevés. Toujours à s'efforcer d'être ce qu'on attend d'eux. C'est épuisant.

J'eus la nette impression qu'il ne parlait pas seulement du film.

— Je crois que je t'envie, dit-il. Tu n'es jamais fatigué, n'est-ce pas ? Tu te fiches leurs attentes.

— Des attentes de qui, Matt ?

— Personne. Tout le monde. Putain, je ne sais même pas de quoi je parle. Je suis si fatigué.

Il ferma à nouveau les yeux.

— Ne m'écoute pas.

J'étais quasi sûr qu'il s'était endormi. Je restai assis là, les pieds sur ma table basse, fixant le film sans le voir, me demandant ce qui s'était passé pour le mettre dans un état pareil. Puis je sentis une légère pression au sommet de mon crâne, puis une autre. C'était sa main. Il me caressait les cheveux, jouant gentiment avec mes boucles.

— Est-ce qu'il s'est passé quelque chose aujourd'hui, Matt ?

Il fixait ses doigts qu'il les faisait jouer dans mes cheveux, mais je ne crois pas qu'il les voyait vraiment. Il ne réalisait probablement pas ce qu'il faisait. C'était agréable. Je restai parfaitement immobile. J'avais peur qu'il s'arrête si je bougeai d'un millimètre.

— Il s'est passé quelque chose au boulot ?

La légère caresse s'arrêta. Il avait la mâchoire crispée. J'avais mis le doigt sur quelque chose.

— Non.

— Je sais que tu mens.

Il ne répondit pas pendant une minute, puis la douce caresse dans mes cheveux reprit.

— Ils organisent un pique-nique. Tu sais, un truc où tout le monde amène sa famille.

Il s'interrompit, mais je savais qu'il n'avait pas fini.

— Et tu n'as pas de famille ?

— Ce n'est pas le problème.

Il soupira et prit une grande inspiration comme s'il allait me le dire. Puis il s'interrompit au dernier moment, secouant la tête.

— Oublie ça.

Il arrêta de jouer avec mes cheveux et reporta son attention sur la télé comme si le sujet était clos.

— Alors c'est quoi, le problème ?

Il lui fallut un moment avant qu'il se décide à répondre, puis enfin, il continua à voix basse:

— Ils m'ont demandé si j'allais amener quelqu'un. Et j'ai parlé de toi.

J'en fus secoué.

— Tu n'aurais jamais dû faire ça.

— Sans déconner.

— Qu'est-ce qu'ils ont dit ?

— Ils m'ont dit que les 'petits copains' n'étaient pas autorisés.

Il soupira à nouveau.

— Je sais que tu m'as averti. Je sais que j'aurais dû le voir venir. Mais on est amis, pas vrai ?

Il ne me laissa pas le temps de répondre.

— N'ai-je pas le droit d'avoir un ami ? Et puis, et si on était vraiment plus ?

Je m'étranglai sur ma bière à ces mots mais il ne sembla pas le remarquer.

— En quoi est-ce que ça les regarde ? Ils s'attendent à ce que j'aille à leur putain de pique-nique, tout seul, que je les regarde avec leur joyeuse petite famille, et que je fasse comme si la seule personne que j'apprécie dans cette fichue ville n'existait pas ?

— Euh….

Je fus incapable de trouver quoi que ce soit à répondre à ça. J'avais déjà du mal à croire qu'il ait sorti tout ça et j'étais certain qu'à un autre moment il n'aurait rien dit. Mais ça n'avait pas d'importance. Il continua de parler et reprit ses caresses.

— Ensuite, mes parents m'ont appelé. Comme par hasard. Ma mère est dans tous ses états parce que sa sœur a un million de petits-enfants et qu'elle n'en a aucun. Mon père était saoul, pour changer, et il m'a encore parlé de devoir. Je ne sais pas s'il parlait d'être quelque chose de plus qu'un flic ou s'il voulait me dire de me marier et de fonder une famille. Les deux, je suppose. Et tout ce qui me vient en tête, c'est combien j'aurais aimé avoir un frère ou une sœur pour qu'ils reportent une partie de leurs attentes sur quelqu'un d'autre que moi.

La douce pression sur ma tête était toujours là.

— Tout le monde veut quelque chose et tout le monde attend quelque chose. Ils ne demandent jamais comment je vais ou si je suis heureux. Ils ne demandent pas ce que je veux.

— Et toi, qu'est-ce que tu veux ?

Il laissa sa main et sa tête retomber sur le dossier du canapé. Il leva les yeux vers le plafond.

— J'aimerais bien le savoir.

Je ne savais pas trop quoi répondre. Je me tournai donc vers la télé et après une minute, la caresse sur mes boucles recommença.

— Jared, qu'est-ce que tu veux, toi ?

Il avait parlé tout bas. Quand je le regardai, ses yeux gris plongèrent dans les miens.

— Dis-moi ce que toi, tu attends.

Mon cœur manqua un battement. Est-ce qu'il me demandait ce que je ressentais pour lui ? Je pouvais lui dire que je n'attendais rien, et c'était vrai. Mais en ce qui concernait ce que je voulais, c'était simple. Je le voulais lui. Mais j'étais certain qu'il le savait déjà, et le dire à voix haute n'allait pas aider. Alors à la place je répondis :

— Je m'attends à te botter les fesses sur la piste demain.

Il sourit à peine.

— Alors, je ferais mieux de dormir un peu.

— Es-tu assez en forme pour conduire ?

— Je ne vais même pas essayer.

Et deux minutes plus tard, il dormait.

77

LE TEMPS que je me lève, Matt s'était déjà douché, était sorti chercher des donuts et avait fait du café. Son étrange humeur semblait avoir disparu lorsqu'il me poussa dehors

L'excursion fut géniale. Je fis une chute spectaculaire durant la montée et écopai de deux genoux écorchés ainsi que d'une égratignure suintante qui courait de mon épaule à mon coude. Avant même de me relever, j'entendis ce qu'on ne pouvait décrire que comme un fou rire. La partie de mon cerveau qui ne se concentrait pas sur ma douleur se demanda qui cela pouvait bien être parce que je n'avais jamais entendu Matt rire comme ça. Et avant que je comprenne ce qui se passait, il me sauta dessus et me cloua au sol. Je mesure près d'un mètre quatre-vingt. Je ne suis pas un poids plume. Matt pèse quasiment quinze kilos de plus que moi et n'eut aucun mal à me maîtriser.

— Bordel, tu es lourd ! Qu'est-ce que tu fiches ?

Son corps était tout en muscles et couvert de sueur, ses yeux verts brillaient tandis qu'il se moquait de moi.

— Frotte de la terre dessus !

Et sur ce, il saisit une poignée de terre et commença à en étaler sur mon bras. Ça faisait un mal de chien mais c'était en même temps curieusement érotique de l'avoir au-dessus de moi comme ça. J'en fus étrangement excité et incroyablement déstabilisé.

Une fois le sommet de la piste atteint, on retira nos casques et on laissa tomber nos vélos pour admirer la vallée en dessous de nous. Le soleil était doré, le ciel d'un bleu brillant. Une brise légère chargée de l'odeur des conifères flottait autour de nous. Les peupliers changeaient de couleur, peignant tout ce vert de taches d'ambre, d'orange et de magenta. C'était un moment parfait ; je me tenais à côté de lui, couvert de sueur, de poussière, de sang, à contempler la magnificence des montagnes Rocheuses.

Je me tournai vers lui pour voir s'il le ressentait aussi et découvris qu'il ne regardait pas du tout la même chose. C'était moi qu'il regardait. La tête à moitié penchée, comme si quelque chose l'intriguait, en souriant un peu. Mais ce sont ses yeux qui me surprirent vraiment. Je ne l'aurais imaginé m'admirer comme ça que dans mes rêves les plus doux.

Il tendit la main pour toucher mes cheveux. Est-ce que tout arrivait au ralenti ? J'avais l'impression de pouvoir à peine respirer. Il y eut une petite secousse. Il venait d'enlever mon élastique. Puis il glissa les doigts dans mes cheveux. Ma respiration se bloqua. Je fermai les yeux. Je ne sais pas combien de temps on est restés ainsi. Une éternité. Le temps d'un battement de cœur.

— Lizzy a tort. Il ne faut vraiment pas que tu les coupes.

Sa main disparue et, quand j'ouvris les yeux, il repartait vers son vélo. Mais il me gratifia d'un sourire lumineux – m'y habituerai-je jamais ? – quand il se tourna vers moi.

— Le dernier arrivé en bas paie le dîner.

— ÇA SUFFIT, Jared ! Accouche !

Je me tournai pour voir Lizzy me sourire, ses yeux bleus brillant de malicieuse impatience.

— Je ne vois pas de quoi tu parles.

— Ne joue pas à ça avec moi. Tu ne peux pas errer toute la journée la tête dans les nuages avec un sourire collé aux lèvres et t'attendre à ce que je gobe qu'il n'y a rien ! Alors, accouche !

Elle avait raison. J'avais eu l'impression de flotter un mètre au-dessus du sol.

— J'ai juste eu une bonne journée.

— C'est Matt, pas vrai ?

— Oui. Enfin, non. Pas exactement.

— Qu'est-ce que c'est alors, exactement ?

Je ne savais pas quoi répondre mais mon sourire ridicule était plus large que jamais.

— S'il te plaît, dis-moi qu'il a enfin retrouvé la raison ?

— Eh bien, je ne veux pas que tu espères trop…

…ni moi…

— …mais je pense qu'il y a enfin l'ombre d'une chance.

Elle cria et se jeta à mon cou. Elle m'avait pris un peu de court. Un de mes bras était coincé par son ventre rond et j'avais ses cheveux dans la bouche.

— C'est trop génial, Jared !

La clochette au-dessus de la porte tinta, et Matt entra.

— Qu'est-ce qui vous rend si joyeux tous les deux ?

J'avais joues écarlates mais Lizzy géra les choses avec brio, comme d'habitude.

— Jared me disait juste qu'il prévoyait de jouer les baby-sitters pour nous une nuit par semaine après la naissance du bébé, pour que Brian et moi puissions sortir. N'est-ce pas gentil ?

Est-ce que j'ai dit brillante ? Je ne pense pas que ce soit suffisant. Elle avait réussi à lui répondre sans m'embarrasser et s'arranger une sortie hebdomadaire, le tout en un coup. On ne pouvait que l'admirer.

— Alors Matt, est-ce que Jared t'a parlé de son anniversaire ?

— Non.

Il me regarda, guettant visiblement une réponse.

— C'est encore dans deux semaines, lui dis-je.

— C'est le vingt et un septembre, déclara Lizzy. Je fais à dîner. Tu vas venir, pas vrai ?

Il me jeta un coup d'œil puis répondit

— Je ne voudrais pas le rater.

XVI

Durant les deux semaines précédant mon anniversaire, ma confusion ne fit que s'accroître. Matt passait toutes ses soirées chez moi. Il dormait sur mon canapé aussi souvent qu'il venait, même si au matin, le temps que je sorte ma paresseuse carcasse du lit, il était parti. Il avait même laissé une brosse à dents. J'essayai de me dire que c'était seulement parce qu'il ne voulait pas rentrer le soir dans son appartement vide. J'y croyais presque. Mais est-ce que je m'imaginais la façon dont il me regardait de plus en plus, me touchais quand il n'en n'avait pas besoin ? De nombreux soirs, on regardait la télé sur mon canapé et je le sentais me caresser les cheveux. C'était une forme de torture, mais une torture que j'attendais impatiemment chaque jour.

Matt travaillait le jour de mon anniversaire, mais il terminait à dix-sept heures. Il vint me chercher et on alla dîner chez Lizzy.

Ce fut une étrange soirée. Alors que les heures passait, il se rapprochait, une lueur chaude dans le regard que j'avais déjà vue, dans celui d'autres hommes, mais pas depuis un long moment. On aurait dit qu'il ne pouvait pas s'empêcher de me toucher. Pris à part, ce n'étaient que des contacts innocents sur mon bras ou mon épaule ou mon dos. Il touchait beaucoup mes cheveux aussi. Mais plus le temps passait, moins cela semblait anodin. Avec n'importe qui d'autre, j'aurais su exactement ce qu'il voulait. Avec lui, je n'en avais aucune idée.

Même ma famille le remarqua. Je vis le petit sourire entendu de maman et le malaise mêlé de confusion de Brian. Et comment aurais-je pu manquer l'immense sourire de Lizzy ou le ridicule pouce levé qu'elle me fit dans son dos ? Mais Matt ne semblait toujours pas se rendre compte de ce qu'il faisait. Je passai la soirée à moitié en érection à espérer que personne n'ait rien remarqué.

À la fin de la soirée, Lizzy déclara qu'on était tous deux incapables de prendre le volant pour rentrer et nous reconduisit en voiture. Le temps qu'on arrive devant chez moi, j'avais la tête qui tournait. J'avais déjà entendu ce terme avant mais je ne l'avais jamais vraiment compris jusqu'à maintenant.

Je ne savais pas trop à quoi m'attendre. Il allait sûrement boire une autre bière puis s'endormir sur mon canapé. Mais une partie de moi savait que nous étions au bord d'un précipice à contempler le fond. Nous pouvions soit faire demi-tour et nous éloigner, soit prendre une grande inspiration et sauter. Mes mains tremblaient tellement que je dus m'y reprendre à trois fois avant d'arriver à mettre la clé dans la serrure. Il fredonnait d'un ton satisfait derrière moi, se balançant d'avant en arrière, je ne pense pas qu'il le remarqua.

Enfin, je nous fis entrer et me précipitai vers la cuisine, criant par-dessus mon épaule :

— Je vais nous chercher quelque chose à boire !

Je sortis des verres du minibar, des bières du frigo, des glaçons du congélateur et restai planté là, à les fixer, ne sachant pas vraiment quoi faire ensuite. Normalement, j'aurai juste saisi les deux bouteilles de bière, mais j'étais troublé alors j'essayais désespérément de gagner assez de temps pour retrouver un peu de mon sang-froid. Je ne l'entendis pas venir. Soudain je le sentis derrière moi, lui et ses mains sur ma taille. Cela me fit perdre un peu mon souffle, de le sentir si imposant, si fort dans mon dos. Ne savait-il pas l'effet qu'il me faisait ?

Mais sa voix contre mon oreille n'était pas le murmure sexy d'un amant. C'était la voix décontractée dont il se servait toujours.

— Qu'est-ce tu fais ?

Il se pencha un peu plus vers moi et tendit la main pour attraper une des bouteilles.

— Qui a commandé des bières glacées ?

Je ne voyais pas son visage, mais je savais qu'il haussait un sourcil.

— Je, euh, je ne suis pas sûr.

Je balbutiais comme un idiot, essayant de penser au football ou au VTT, n'importe quoi pour me distraire de combien il était près de moi. Il reposa la bière et son poids dans mon dos disparut un peu, mais il remit une main sur ma taille. L'autre glissa sur mon ventre et mon souffle se bloqua.

— Hé.

Il avait l'air un peu inquiet maintenant.

— Ça ne va pas ? Tu trembles.

Je ris nerveusement.

— Sans rire ?

— Sans rire. Qu'est-ce qui ne va pas ?

Je pris une grande inspiration et dit.

— Matt, tu ne le réalises peut-être pas, mais tu m'envoies des signaux assez confus, là. Je ne suis pas sûr de savoir comment tu veux que je réagisse.

— Que veux-tu dire ?

Et, sans blague, il y avait une réelle incompréhension dans sa voix. Mais il ne bougea toujours pas.

— Je parle de ça, Matt. De ta façon de me toucher.

— Oh.

Je savais, sans avoir à le regarder, qu'il rougissait.

— Tu veux que j'arrête ?

— Non, je ne veux justement pas que tu arrêtes. Mais, je pense que tu devrais.

— Quoi ? Pourquoi ?

Perdu. Puis soudain, il comprit.

— Oh !

Mais il ne bougea pas. Une seconde s'écoula, puis il passa la main un peu plus haut sur mon torse. Sa présence dans mon dos se fit plus intense et quand il parla au creux de mon oreille, sa voix était basse, rauque :

— Est-ce que je t'excite ?

— Putain, oui, tu m'excites !

C'était un peu cru, mais je fus soulagé de l'avoir dit.

— C'est ça que tu veux ?

Il se figea une minute, son souffle un peu tremblant contre mon oreille.

— Je ne sais vraiment pas.

Une autre inspiration fragile et il détacha les mains de moi, je le sentis faire un pas en arrière.

— Je suis désolé. Je ne me rendais pas compte.

Mais quand je me retournai, je réalisai qu'il avait seulement reculé d'un demi-pas. Il n'était qu'à quelques centimètres de moi. Il avait les joues empourprées et il était visiblement aussi secoué que moi.

Pendant une minute, aucun de nous ne bougea. J'essayai de retrouver mon souffle et de convaincre ma verge qu'il n'y avait rien d'intéressant à voir. Elle ne m'écoutait pas. Mon corps tout entier tremblait et ma voix, quand je parlai, fut rauque.

— D'accord, eh bien…

Je m'interrompis brusquement quand il s'avança à nouveau. J'étais dos au comptoir. Mes mains cramponnées au rebord. Il était si près. Il me regarda, fronça les sourcils, la tête légèrement penchée, comme s'il essayait de comprendre quelque chose. Comme si j'étais une sorte de puzzle auquel il avait presque la réponse. Puis, lentement, il posa les mains sur le comptoir, de chaque côté de moi, m'encerclant.

— Matt ?

Ma voix n'était guère plus qu'un murmure.

Je vis clairement le vert dans ses yeux ce soir-là. Ils étaient pleins de surprise et de confusion, mais il y avait aussi quelque chose d'autre.

— Je crois que j'ai envie de te toucher.

Une de ses mains quitta le bar pour venir se poser sur ma hanche.

— Je crois, dit-il d'un air abasourdi, que j'ai vraiment envie de te toucher.

Il glissa alors la main le long de mon bras. Ses lèvres étaient à quelques centimètres des miennes. Mon corps tout entier était chargé d'électricité, comme si chacun de mes nerfs se tendait vers lui.

— Je peux ?

Je rendis les armes, fermai les yeux, me laissai aller contre son corps grand et fort et ne pensai à rien d'autre qu'à quel point sa main était agréable.

— Oui.

Il passa brièvement les doigts dans mes cheveux, jouant doucement avec mes boucles. Puis il en agrippa une poignée, tirant ma tête en arrière pour exposer ma gorge. Il se pencha vers moi, posa les lèvres dans mon cou. Des lèvres douces et un début de barbe piquante caressèrent ma peau et remontèrent vers mon oreille. Mon cœur battait si fort qu'il allait en jaillir de ma poitrine. Ou que ma verge allait en exploser contre les boutons de mon jean. Ses lèvres frôlèrent mon oreille et il murmura :

— Je veux juste te toucher un peu plus.

Je voulus lui dire qu'il ne fallait pas qu'il s'arrête, jamais, mais je n'arrivais pas à parler. J'avais peur de briser l'illusion si je le touchais moi aussi. Pourtant je tendis la main et la posai sur son ventre plat. Il répondit en enroulant son autre bras autour de ma taille. Sa langue toucha mon oreille. Sa joue était comme du papier de verre contre la mienne. Je tirai sur son tee-shirt et passai les mains dessous, les fit glisser dans son dos. Je sentis ses muscles fermes tressauter sous mes doigts et il émit un petit gémissement contre mon cou, qui alla directement à mon aine.

Je n'aurais pas cru qu'il y avait encore de l'espace entre nous, mais il réussit à se presser encore plus contre moi. Son corps entier contre le mien. Ses bras autour de moi, une main caressant mon dos, l'autre toujours mêlée à mes boucles. Je sentis ses lèvres sur ma gorge. Pas juste me frôlant la peau comme avant. Il m'embrassait vraiment à présent, mordillant mon cou, donnant un coup de langue sur mon pouls qui battait à un rythme effréné. Puis ses deux mains furent sur mes hanches, pressant mon aine contre la sienne. Je sentis son érection se frotter contre la mienne.

Je m'entendis gémir, ou peut-être geindre. Peu importe, il était évident qu'il aimait, car ses gentilles morsures dans mon cou devinrent soudain beaucoup plus insistantes. Il posa les deux mains dans mes cheveux. Il était désormais complètement appuyé contre moi, me plaquant contre le comptoir. Il me tirait les cheveux, entrechoquait ses hanches contre les miennes, et ce qu'il faisait dans mon cou était à la limite entre douleur et plaisir mais je ne voulais pas qu'il s'arrête.

Je dus m'y reprendre à plusieurs fois, mais finalement je réussis à murmurer :

— Est-ce que tu veux aller dans la chambre ?

Moi et ma grande gueule.

Il se figea, une statue vivante aux mains toujours plongées dans ma chevelure et aux lèvres chaudes toujours dans mon cou.

— Matt ?

Il me relâcha. Avant que je comprenne, il était de l'autre côté de la pièce. Je chancelai. J'avais l'impression qu'on venait de m'arracher la moitié du corps.

— Matt ?

Il s'assit sur l'un des tabourets du bar, les coudes sur ses genoux et la tête dans ses mains.

— Oh mon Dieu, qu'est-ce qui vient de se passer ? Bordel, qu'est-ce qui vient d'arriver ?

Il émit un son qui aurait pu être un rire… ou un sanglot.

— Je ne sais pas ce qui m'arrive. Je crois que je perds la tête, putain !

Je fis un pas vers lui et tendis la main.

— Ne me touche pas ! gronda-t-il.

Il aurait tout aussi bien pu me frapper, ça ne m'aurait pas fait plus mal.

— Matt, tout va bien.

— Non, ça ne va pas bien du tout ! Oh mon Dieu, ce n'est *pas* bien. Je voulais… Comment est-ce que j'ai pu vouloir ça ? Comment est-ce que j'ai pu te vouloir comme ça ?

— Matt, je te veux aussi. Je te veux depuis longtemps. Il n'y a rien de mal là-dedans.

Sa seule réponse fut de secouer la tête entre ses mains.

— Matt, je sais ce que tu m'as dit. Mais sois honnête avec moi. Ça ne peut pas être la première fois que tu es attiré par un autre mec.

Il resta silencieux si longtemps que je commençai à penser que j'avais commis un sérieux faux-pas. Puis, d'une voix presque inaudible, il répondit:

— Tu as raison. J'ai été attiré par d'autres hommes avant. Pas beaucoup, mais quelques-uns. Mais pas comme ça. Jamais comme ça.

Il prit une grande inspiration tremblante.

— C'était toujours une réaction physique, uniquement, et j'étais capable de simplement l'ignorer. Juste me dire non. Me dire que c'était mal.

Il leva les yeux vers moi : la douleur et la confusion dans ses yeux furent suffisantes pour briser mon cœur.

— Peu importe ce que c'est, toi et moi, c'est tellement plus et je ne peux pas m'en débarrasser.

Comment ces mots pouvaient-ils me rendre à la fois si heureux et me faire si mal ?

— Matt, pourquoi est-ce que tu devrais l'ignorer ?

— Je suis paumé, Jared. Même maintenant, ma seule pensée, c'est que je veux te toucher. Et je ne sais pas du tout quoi faire.

Je m'approchai de lui. Assis sur ce tabouret, il était un peu plus petit que moi. Son regard était méfiant lorsque je m'approchai, mais il ne m'arrêta pas. Je m'immisçai entre ses genoux et pris son visage entre les mains pour le regarder droit dans les yeux.

— Je sais, Matt. Je sais exactement ce qu'il faut faire. Viens dans la chambre avec moi et laisse-moi te montrer.

Je me penchai et l'embrassai, à peine une caresse sur ses lèvres.

— S'il te plaît Matt ? Fais-moi confiance. S'il te plaît, ne fuis pas.

Il y avait des larmes sur ses joues.

— Mais c'est mal.

— Tu sais que je n'y crois pas. Je ne vois pas comment ça pourrait être mal.

Il avait les yeux fermés et quand j'embrassai le coin de sa bouche, je l'entendis retenir sa respiration.

— Est-ce que ça te semble mal ?

J'embrassai les larmes sur une de ces joues.

— Parce que ça ne me semble pas mal, à moi.

L'autre joue.

— Rien dans ma vie n'a jamais semblé aussi juste.

Je m'écartai et attendis qu'il rouvre les yeux pour plonger mon regard dans le sien.

— Je t'aime, Matt. Comment est-ce que ça pourrait être mal ? Comment l'amour peut-il être mauvais ?

Mais ce fut trop. À ces mots, les portes se refermèrent brutalement. Il attrapa doucement mes poignets et ôta mes mains de son visage, secouant la tête. Il se leva, me repoussant gentiment.

— Je dois y aller.

— Matt. S'il te plaît, non. S'il te plaît, ne fuis pas.

Mais il ne jeta même pas un regard en arrière.

J'ETAIS ASSIS dans le magasin, contemplant une fissure sur le comptoir. Pour être honnête, je l'observais depuis plus d'une heure. Plusieurs personnes étaient venues mais j'avais laissé Ringo s'occuper d'eux. Je m'étais assuré d'avoir bien gardé la main sur les marques dans mon cou pendant qu'ils étaient dans le magasin. Pas besoin de rajouter aux ragots du coin. Je ne me rappelais pas avoir jamais été si déprimé par des suçons avant.

Lizzy passa par la porte de derrière et s'approcha de moi. Puis elle rit.

— Oh mon Dieu, regarde ton cou ! On dirait bien que quelqu'un ici a eu un anniversaire d'enfer.

Mais quand je levai les yeux vers elle, elle dut voir tout de suite la peine dans laquelle je me trouvais. Son sourire disparut et elle s'installa sur le tabouret à côté de moi.

— Que s'est-il passé ?

— Je ne veux pas en parler.

— Oh Jared. Après hier, la manière dont il te regardait et te touchait, j'étais certaine…

— Je ne veux toujours pas en parler.

— Vous vous êtes disputés tous les deux ?

— Pas exactement.

— Vous vous êtes séparés ?

— Lizzy, il aurait fallu qu'on soit ensemble pour qu'on se sépare.

— Alors quoi ?

Alors je le lui avouai. Et le pire dans tout ça, c'était presque la sympathie dans ses yeux bleus.

Elle me serra dans ses bras malgré son gros ventre.

— Je suis sûre qu'il va changer d'avis. C'est évident qu'il est aussi dingue de toi que toi de lui. Laisse-lui un peu de temps.

Mais je n'arrivais pas à la croire.

XVII

Je l'ai appelé plusieurs fois les semaines qui suivirent, mais il n'a jamais répondu. J'ai laissé des messages.

La première fois, trois jours après mon anniversaire, j'ai essayé d'avoir l'air désinvolte.

— Matt, ce n'est pas grave. On avait pas mal bu tous les deux.

Je ne pensais pas que ce soit vraiment la raison de ce qui s'était passé, mais j'étais prêt à lui donner une excuse si ça pouvait l'aider.

— Ça n'a pas d'importance. Appelle-moi.

Trois jours après, j'ai commencé à être désespérément perdu.

— Matt, tu n'as pas à m'éviter. Il ne s'est rien passé. Oublie ça. On se voit dimanche, d'accord ?

Quand il n'est pas venu regarder le match de football, je l'ai encore appelé. J'avais soigneusement préparé ce que j'allais lui dire après le bip, quelque chose de désinvolte au sujet de ses Chiefs qui avaient perdu face aux Raiders. Pour une raison inconnue, ces mots sont morts sur mes lèvres. Tout ce que j'ai réussi à dire, c'est :

— Matt, tu me manques.

Je n'ai plus appelé après ça.

Les semaines qui suivirent furent horribles. Matt continuait de m'éviter. Et le pire de tout, c'était qu'il avait commencé à fréquenter Cherie. Pas juste à coucher avec elle, comme l'été précédent, mais vraiment à sortir avec elle.

Je savais ce qu'il faisait. Il essayait de se convaincre qu'il pouvait être heureux avec une femme. Il se disait que ses sentiments pour moi n'étaient rien de plus que la conséquence d'avoir passé trop de temps ensemble, et que s'il passait plus de temps avec Cherie, il transférerait tous ses sentiments sur elle. Je pensais que ça ne marcherait pas, et en même temps, j'étais terrifié par l'idée que ça réussisse.

Je n'arrivais pas à croire à quel point je me sentais seul. J'essayais de me réconforter en me disant que ma vie était exactement comme elle l'avait été pendant des années avant son arrivée. Mais avant, ce n'était pas comme ça. Désormais, je me sentais anéanti. Ma maison me faisait l'effet d'un cimetière. Chaque fois que la porte du magasin s'ouvrait, j'espérais que c'était lui, mais ce n'était jamais le cas. Chaque soir, j'espérais qu'il frapperait à la porte. Le football n'était plus aussi passionnant. Les quelques dimanches qu'on avait passés ensemble, notre parfaite amitié, me narguaient lorsque je m'asseyais tout seul pour regarder un match. Lizzy et Brian m'invitaient chez eux, bien sûr, et j'y allai une ou deux fois, mais au lieu de me réconforter, ça ne servit qu'à déprimer Lizzy, alors je cessai d'y aller.

— Il n'est même pas heureux, me dit-elle un jour. Brian et moi les avons vus quand on est sortis dîner en ville, et il avait l'air pitoyable.

Et le pire c'était qu'elle avait raison. Les fois où je l'avais vu, il avait en effet l'air malheureux. Il n'affichait même pas son pseudo-sourire.

— Pourquoi me dis-tu ça, Lizzy ?

— À mon avis, tu lui manques autant que lui te manque. Pourquoi ne l'appelles-tu pas ?

— Non.

— Jared…

— Non !

Je m'interrompis. Lizzy ne méritait pas que je sois si cassant avec elle. Elle voulait juste me voir heureux. Mais s'il y avait une chose que je savais, c'était que ce n'était pas à moi de faire le premier pas. C'était lui qui ne pouvait pas affronter ses sentiments ou ce qu'ils voulaient dire. La seule chose à faire pour moi était attendre et espérer.

— Dis, Jared ? Est-ce que tu peux me faire une faveur ? me demanda Ringo, un jour de début d'octobre pendant que nous déballions des caisses d'huile de moteur.

— Qu'est-ce qu'il y a ?

— Tu pourrais me donner à nouveau des cours ?

— De maths ?

— Oui. Je fais du calcul avancé maintenant et je prends une raclée.

— Bien sûr.

C'était déprimant de voir que maintenant il me tardait de passer du temps avec Ringo. Tu parles d'une vie sociale.

— Et tu connais la physique aussi ?

— C'est là-dessus que j'ai mon diplôme. T'as besoin d'aide en physique aussi ?

— Si ça ne t'embête pas. Je peux venir chez toi pour les cours ? Je me sens mal de te faire perdre du temps à te demander toujours au magasin.

— Qu'en est-il de ton père ?

— Il devrait être d'accord. Je veux dire, il était vraiment content que tu m'aies aidé au printemps dernier. Et je lui ai dit qu'il devait faire confiance aux gens. Et me faire confiance à moi. J'ai bientôt dix-huit ans. Je ne suis pas un enfant et je ne suis pas stupide.

Il s'interrompit et eut l'air embarrassé.

— Sauf quand il s'agit de maths et de physique, je suppose.

— Tu n'es pas stupide. Chez moi, ça ira.

On s'arrangea pour qu'il vienne les mardis et jeudis soirs.

La première semaine, il arriva tout seul. La deuxième semaine, il y avait une fille avec lui.

— C'est ma petite amie, Julie.

Elle était mignonne, un peu ronde avec des cheveux sombres et des taches de rousseurs qu'elle essayait de couvrir avec du maquillage.

— Est-ce que tu pourrais nous donner des cours à tous les deux ?

C'est ainsi que cette semaine-là je me retrouvai avec deux élèves. Je commandai une pizza et fut heureux d'avoir de la compagnie, même s'il s'agissait juste de deux adolescents qui avaient du mal en maths.

Je fus surpris de découvrir que Julie avait les mêmes mauvaises habitudes que Ringo au début.

— Pourquoi veux-tu déjà remplacer les variables par des nombres ?

— C'est comme ça que tu simplifies.

— Les variables, c'est faciles. Avec les chiffres, c'est plus compliqué. Attends la fin. Là.

Je montrai le problème de physique sur lequel elle travaillait.

— Regarde celui-ci. Que sais-tu à propos de F ?

— Force égale masse fois accélération.

— C'est ça. Donc, si l'on met 'M fois A' au lieu de F dans cette équation ?

— Mais on est supposé résoudre F !

— Oui, mais que vois-tu de l'autre côté de l'équation ?

Elle chercha et je vis la lumière commencer à se faire.

— M et A.

91

Elle réfléchit. Puis elle se mit à écrire furieusement avec son crayon en reprenant :

— Je peux éliminer M, et alors, j'ai 2A, mais alors…

Scribouille, scribouille, scribouille.

— Maintenant, j'ai A !

— Bien. Donc, tu avais déjà M…

— Alors j'ai juste à les multiplier, et j'obtiens F !

— Exactement.

— C'est comme un puzzle.

Ses yeux brillaient d'excitation.

— C'est une manière de le voir, oui.

Et l'air de compréhension et d'accomplissement sur son visage mettait un baume remarquable à mon cœur douloureux.

Ça ne s'arrêta pas là. La semaine suivante, ils amenèrent une autre fille. Puis elle invita son petit copain. À la fin du mois, j'avais dix élèves différents qui venaient le mardi et le jeudi pour que je les aide en maths ou physique. Ils ne venaient pas tous à chaque fois, mais il y en avait toujours au moins un et généralement quatre ou cinq. Ma maison se transformait en une sorte de lieu de réunion pour les cerveaux du lycée.

Ce n'était qu'une question de temps avant que ça ne cause des problèmes.

XVIII

N'IMPORTE QUI ayant grandi dans le Colorado pourra vous dire que s'il y a un jour où vous êtes sûr d'avoir du mauvais temps, c'est Halloween. À première vue, cette année ne serait pas une exception. Il faisait humide et la température venait de passer sous zéro quand Brian m'appela dans la soirée du 31 octobre.

— Jared !

Il avait l'air affolé.

— Lizzy a perdu les eaux. Ramène-toi à l'hôpital ! Tout de suite !

Après avoir trouvé le chemin de la section maternité, je restai quelques minutes devant la porte de sa chambre. Je ne savais pas si je devais frapper ou juste entrer. Je ne savais pas si ça commençait seulement ou si elle était déjà en train de pousser. Aurait-elle les pieds dans des étriers ? Y aurait-il du sang partout ? Je n'avais aucune expérience des accouchements et je ne savais pas du tout à quoi m'attendre.

Finalement, j'interceptai une infirmière qui entrait dans la chambre et lui demandai de dire à Brian que j'attendais dehors. À peine une demie seconde plus tard, il jaillit de la chambre en coup de vent.

— Qu'est-ce que tu fous là ? Dépêche-toi de rentrer !

Il était de toute évidence en train de paniquer. Je ne l'avais jamais vu aussi affolé. Il avait les cheveux hérissés dans tous les sens et les yeux exorbités.

— Est-ce qu'elle a eu le bébé ?

— Non ! Mais elle ne va pas tarder à pousser et elle te veut avec elle !

— Quoi ?

J'avais d'effrayantes images mentales de Lizzy avec les pieds dans des étriers, de parties de son corps que personne ne voulait que je voie et de beaucoup de sang.

— Non ! Je ne peux pas être là quand elle a son bébé !

Brian agrippa ma chemise et pressa son visage contre le mien comme il ne l'avait pas fait depuis qu'on était tous deux adolescents. Il était vraiment secoué.

— Lizzy te veut avec elle. Et si c'est ce qu'elle veut, alors c'est ce qu'elle aura, même si je dois te botter le cul et te traîner là-dedans par les cheveux ! Pigé ?

— D'accord ! Calme-toi, Brian. J'arrive.

Alors Brian se tint d'un côté, moi de l'autre, serrant la main de Lizzy tandis qu'elle poussait. Ça dura plus d'une heure et à la fin la pauvre Lizzy n'en pouvait plus. Je n'avais jamais été aussi heureux d'être un homme.

Enfin, le docteur colla à la tête du bébé quelque chose qui ressemblait curieusement à un entonnoir. Lizzy poussa une dernière fois, le docteur tira et le bébé fut libéré. Un garçon. Il était chauve, rose et tout ridé, sa tête avait la forme de l'entonnoir et il avait un triangle d'un rouge sang au-dessus de l'arête du nez. J'étais horrifié, mais Lizzy m'assura que tout ça allait s'arranger.

— On va l'appeler James Henry, annonça-t-elle fièrement.

James, mon second prénom, et Henry, le prénom de mon père. Je l'embrassai sur le front.

Brian rapprocha le bébé et fit mine de me le passer.

— Qu'est-ce que tu fais ? Je ne peux pas le porter ! Et si je lui fais mal ? Il rit.

— Tu ferais mieux de t'y habituer, petit frère. Lizzy m'a parlé de cette soirée de babysitting hebdomadaire que tu nous as promise.

— Tu veux dire les soirées qu'elle m'a forcé à accepter ?

Mais une fois qu'il fut dans mes bras, je vis qu'il était en fait magnifique. Et précieux. Et l'horrible étau qui me serrait le cœur depuis le départ de Matt se desserra un peu.

Je me mis à rire.

— Je suis oncle !

LE PREMIER mardi de novembre, il y avait sept gamins différents autour de la table quand on frappa à la porte. Matt était la seule personne qui n'utilisait pas la sonnette. J'essayai de contenir un sentiment ridicule d'excitation à l'idée que ce soit lui.

Mais quand j'ouvris la porte, il fut tout de suite évident que ce n'était pas une visite de courtoisie. C'était Matt, en uniforme, et il y avait un autre flic avec lui. Matt avait l'air extrêmement embarrassé. Il avait sa casquette à la main et jouait nerveusement avec. Il regardait partout sauf vers moi. J'essayai désespérément de ne pas penser à la sensation de ses lèvres dans mon cou, de ses mains dans mes cheveux, de son corps se pressant contre le mien…

— Monsieur ?

Ce fut l'autre flic qui parla, interrompant mes pensées diaboliques, et je trouvai difficile de détacher les yeux de Matt.

— On a reçu un appel disant qu'il y a des enfants ici ?

Il me fallut quelques secondes pour assimiler ses mots.

— Oui.

Je m'écartai pour qu'ils voient les gosses à la table. Ce qui se passait me semblait évident : un groupe de lycéens, deux cartons de pizzas et au moins une douzaine de livres scolaires ouverts. Les mômes étaient tous figés, fixant la porte, stylos et parts de pizzas à la main. On aurait dit une sorte de parodie déjantée de *La Cène*. Le flic, son badge indiquant 'Agent Jameson', passa devant moi pour rejoindre la table.

— Qu'est-ce qui se passe ici ? Lequel d'entre vous est Aiden ?

Aiden devint rouge comme une tomate et leva la main.

— Est-ce qu'ils sont tous là ? demanda Jameson. Y a-t-il des gamins dans la chambre ?

— *Quoi* ?

Je me retins de crier ; au même moment, j'entendis Matt s'exclamer :

— Grant, non !

Grant se contenta de lui faire un sourire sournois.

Je commençai à comprendre ce qui se passait ici. Je pris une profonde inspiration et dit :

— Non, il n'y personne dans la chambre ! Comment pouvez-vous-même poser la question ? Je ne fais que leur donner des cours de soutien.

Jameson ouvrit la bouche pour dire quelque chose qui, je le devinais, serait sarcastique, quand Matt intervint :

— Jared.

À son expression, je ne pouvais douter qu'il détestait ce qu'il allait dire.

— On a reçu un appel de la part d'une des mères.

Aident lâcha un gémissement exaspéré.

— Elle s'inquiétait du temps que passait son enfant ici.

— Je ne fais rien de mal.

Ma mâchoire était si crispée que j'étais surpris qu'ils me comprennent.

L'agent Grant Jameson laissa échapper un grognement de mépris.

Matt lui lança un regard mauvais mais me dit :

— Je sais.

Il fixa le sol, triturant un peu plus sa coiffe.

— Elle était assez inquiète et elle a appelé certains des autres parents. Je suis désolé.

Cette fois il était tourné vers moi et je haïssais la façon dont mon cœur rata un battement, juste à croiser son regard.

— Ce serait mieux si tu les faisais rentrer chez eux.

— C'est n'importe quoi ! s'écria soudain Ringo, se levant. Il n'y a que Jared qui a été capable de nous apprendre ces trucs. Vous ne pouvez pas nous faire partir.

Jameson se tourna vers lui.

— Écoute, gamin…

— Stop !

Étonnamment, il se tut et tout le monde me regarda. Je me tournai vers Jameson.

— Ici c'est chez moi, et vous n'avez pas le droit de débarquer comme ça. Je ne fais rien de mal et j'aimerais que vous partiez. De suite.

Je fixai Matt et ajoutai :

— Tous les deux !

Il tressaillit et détourna le regard.

Jameson ouvrit la bouche, mais je n'avais pas fini. Je me tournai vers mes élèves.

— Je ne veux certainement pas que quiconque croie que je corromps leurs enfants.

J'essayai de ne pas sembler trop sarcastique.

— Monsieur l'agent a raison. Vous devriez tous rentrer.

Ce qui fut accueilli par de fortes protestations, surtout formulées de manière obscène, de la part des gamins.

— Jared, tu ne peux pas arrêter ! On a besoin de ton aide, dit Ringo. Depuis que tu as commencé à nous donner des cours, on a tous la moyenne.

Un des autres garçons surenchérit.

— C'est vrai. C'est la première année où j'ai pu continuer à jouer au football. Les autres années, mes notes en math étaient trop basses pour que j'aie le droit.

— Écoutez. Je continuerai à vous donner des cours…

— Monsieur, je ne crois pas que…

Jameson tenta de m'interrompre, mais j'élevai ma voix :

— … mais pour revenir vous devez m'apporter un mot de vos parents, disant que c'est d'accord. Passez le message aux autres. Et je connais votre écriture, alors n'essayez pas de m'en donner un faux.

Tout le monde eut l'air soulagé, sauf Aiden. Je ne pouvais pas y faire grand-chose, cela dit.

Les gamins partirent enfin et Jameson se dirigea vers sa voiture, mais Matt resta en arrière.

Il m'observait avec précaution. Je rassemblais les assiettes en carton sales et les cannettes de sodas vides tout en faisant de mon mieux pour ne pas le regarder.

— Jared, je suis désolé. Je sais que tu ne ferais jamais rien d'inapproprié.

Je ne dis rien. Toute ma colère s'était envolée et je me sentais seulement embarrassé et plein de ressentiment.

— C'est pour ça, n'est-ce pas ? me demanda-t-il doucement. C'est pour ça que tu n'enseignes pas ? Ce n'est pas vraiment à cause du magasin et du reste.

— Oui.

Et je détestais à quel point je semblais abattu.

— Peut-être que tu pourrais…

Je ne voulais pas lui en parler. Pas maintenant, avec tout ce qu'il y avait entre nous d'encore inachevé. Je levai les yeux vers lui et dit, avec tout le venin qui me brûlait :

— Est-ce que ce sera tout, Agent Richards ?

Je vis que je l'avais blessé, mais je m'en fichais. Il détourna les yeux.

— Ce sera tout.

Je résistai à l'envie de claquer la porte derrière lui.

XIX

LE JEUDI suivant, la plupart de mes élèves revinrent avec le bout de papier donnant la permission de leurs parents. Quelques-uns des parents avaient même écrit des mots d'encouragements, déclarant qu'ils me faisaient confiance et qu'ils appréciaient ce que je faisais pour leurs enfants. Cela me réconforta un peu et après ça, les cours particuliers reprirent sans incidents.

Quelques jours plus tard, Cole appela.

— Hé, mon chou. Est-ce que tu te sens seul ce soir ?

Il parlait toujours d'une voix chantante, charmeuse, extravagante et il ne m'appelait jamais par mon prénom.

— On sera deux à se sentir seuls si tu m'appelles à nouveau comme ça.

Je savais qu'il ne m'écouterait pas.

— Ne soit pas un tel rabat-joie.

— Tu es à Vail ? Les pistes ne sont pas encore ouvertes, si ?

— Je ne fais que passer, mon chou. Je me suis dit que je pourrais m'arrêter par ici pour la nuit. Si tu te sens d'humeur accommodante.

Mon premier instinct fut de lui dire non. Mais qui pensais-je tromper ? Matt n'était pas chaste dans sa relation avec Cherie et je ne lui devais rien du tout de ce côté-là. De plus, je n'avais pas tant d'opportunités. Impossible de savoir quand Cole appellerait à nouveau, peut-être dès le mois prochain, peut-être pas avant l'année prochaine. Peut-être jamais. Et la pensée de ces mois s'éternisant sans autre compagnie que celle de ma main me décida.

— Cole, tu n'aurais pas pu avoir un meilleur timing.

— Je serai là dans quatre heures, mon chou.

Le lendemain matin, quand je sortis de la chambre, il était déjà habillé. Cole était plus petit que moi, il avait les hanches fines, un charme malicieux d'enfant avec des cheveux noirs artistiquement coupés pour retomber devant ses yeux et il y avait juste l'ombre d'un déhanchement dans sa démarche. Il me regardait bizarrement du coin de l'œil.

— Quoi ?

— Je réfléchissais, mon chou, c'est tout. Qui est Matt, exactement ?

Je me sentis rougir jusqu'à la racine des cheveux et repensai à nos activités de la nuit passée, espérant que je n'avais pas prononcé le nom de Matt à un moment importun. Cole dut apercevoir la légère panique sur mon visage parce qu'il éclata de rire.

— Pas ça. Je te l'ai déjà dit, tu parles dans ton sommeil.

Il me transperça du regard.

— Es-tu en couple ? Je sais qu'il n'y a rien de sérieux entre nous, mais je m'attends à mieux de ta part que de tromper un partenaire.

— Non. Ce n'est pas du tout ça.

J'essayai d'avoir l'air nonchalant, sans succès. À la place, j'eus l'air résigné et amer.

Il se détendit.

— Mais tu aimerais qu'il le soit ?

Il n'y avait aucune jalousie. Notre relation était suffisamment informelle pour éviter ce genre de désagrément. Il posait simplement la question.

— Oui.

— Alors quel est le problème ? Il n'est pas intéressé ?

— Disons juste que la porte de son placard est bien fermée. Et verrouillée à double tour.

— Ah. La puissance du déni. Bien, alors je ne me sens pas du tout coupable de la nuit dernière. Et toi ?

Je lui souris et me penchai pour l'embrasser sur la mâchoire.

— Pas du tout.

C'était presque vrai.

— Je devrais t'inviter à petit-déjeuner dehors.

— Tu devrais, mais tu ne le feras pas. Je te connais. Que Dieu nous préserve que quiconque en ville découvre que tu t'envoies en l'air de temps en temps.

C'était une vieille dispute, sur laquelle on ne s'étendait jamais.

— Cole…

— Ne t'inquiète pas. J'attendrai ici pendant que tu cours à la supérette. Et ne songe même pas à me rapporter un donuts. Je veux…

— Un bagel à la cannelle avec du fromage allégé et un latte à la vanille. Je sais.

99

Je l'embrassai encore.

— Laisse-moi juste cinq minutes pour me doucher d'abord.

Au moment où je sortis de la douche, j'entendis frapper à la porte et mon cœur se serra. C'était Matt, n'importe qui d'autre aurait utilisé la sonnette. Je me battis pour enfiler mon survêtement et y aller, même si je ne savais pas du tout comment j'allais ensuite gérer la situation.

J'entendis la porte s'ouvrir et Cole dire :

— Eh bien, *bonjour,* monsieur l'agent ! Si j'avais su qu'on attendait de la compagnie, je ne me serais pas dépêché de m'habiller.

Oh merde.

J'arrivai dans le salon avec mon pantalon, mais les cheveux toujours dégoulinants, juste à temps pour entendre Matt répondre :

— Ah. Vous devez être Cole.

— Eh bien…

Cole m'adressa un clin d'œil par-dessus son épaule.

— Je suis flatté. Et vous êtes …. ?

Matt resta là sans rien dire. Il était en uniforme et je ne l'avais jamais vu avec l'air si en colère. Il regardait Cole comme s'il s'agissait d'une sorte d'insecte et qu'il n'arrivait pas à décider s'il voulait le mettre dehors ou juste l'écraser. Mais Cole n'était pas du genre à se laisser intimider. Au contraire, il utilisait son extravagance comme une sorte de bouclier, une manière de faire un pied de nez aux gens qui le regardaient de haut. Il en jouait à cet instant. Il posa les mains sur ses hanches, se pencha un peu, regardant Matt d'un air charmeur par-dessous sa frange, il battit même un peu des cils.

— Y a-t-il un problème, monsieur l'agent ?

Les joues de Matt s'empourprèrent, mais je ne savais pas si c'était dû à de la colère ou de la gêne. Il était complètement immobile et silencieux. Quand il devint évident qu'il ne répondrait pas, je pris la parole.

— Cole, c'est Matt.

Cole écarquilla légèrement les yeux et se mit aussitôt en mouvement.

— D'accord mon chou, il est *apparemment* grand temps pour moi de partir. Laisse-moi une minute.

Matt et moi restâmes debout, bras croisés, à nous fixer d'un air circonspect pendant que Cole s'affairait, récupérant sa veste et ses clés. Puis il s'approcha de moi en passant un bras autour de ma taille. Il se pencha pour frotter son nez dans mon cou. Je penchai alors la tête pour lui faciliter l'accès. Matt se raidit. J'étais assez en colère au sujet de l'incident de mes cours particuliers pour me réjouir un peu à l'idée de le mettre mal à l'aise.

— Un véritable *plaisir*, comme toujours mon chou. Je t'appelle la prochaine fois que je suis dans le coin.

Il le dit délibérément assez fort pour que Matt l'entende, puis chuchota à mon oreille : 'Choppe-le, Jared', avant de m'embrasser sur la joue et de se diriger vers la porte.

Matt et moi n'avons pas bougé pendant quelques temps après son départ, attendant de voir qui des deux allait parler le premier. Ce fut lui.

— Je ne m'attendais pas à ce que tu aies de la compagnie.

— Manifestement non.

Toutes ces semaines où j'avais espéré le voir, espéré qu'il appelle, espéré qu'il frappe à ma porte comme ce matin-là, et pourtant maintenant qu'il était là, tout ce que je voyais c'était le jugement dans ses yeux. Je me détournai de lui, fis le tour du comptoir de la cuisine et commençai à préparer du café.

— Qu'y a-t-il, Matt ? Es-tu venu ici pour parler ou me dire à quel point tu es dégouté par mon style de vie ? Ou peut-être pour t'assurer que je ne donnais pas des cours à des gamins dans ma chambre ?

— Pas ça. Je voulais te voir. Mais, je ne m'attendais pas…

Il s'interrompit et sembla lutter pour trouver les mots justes, lutter pour garder sa colère sous contrôle.

— Je ne m'attendais pas à *lui*. Je ne m'attendais pas à te trouver avec quelqu'un d'autre !

— Pourquoi pas, Matt ? Pourquoi est-ce que je ne pourrais pas être avec quelqu'un d'autre ?

— Est-ce que tu l'aimes ?

Cela me surprit, mais je ne lui répondis pas. À la place, je demandai :

— Est-ce que tu aimes Cherie ?

— Non.

Une réponse monotone, franche. J'essayai de m'accrocher à ma colère parce que si je la laissais filer, je ne me sentirais plus que sale et déprimé.

— Non. Je n'aime pas Cole. Tu le sais.

Je le regardai.

— Si les choses se déroulaient comme je le voulais, c'aurait été toi dans mon lit la nuit dernière. Hier et toutes les autres nuits. Mais tu m'as très bien fait comprendre que tu ne voulais rien avoir à faire avec moi.

Il fixait le mur à peu près à trente centimètres au-dessus de ma tête et je savais qu'il luttait contre lui-même. Il était en colère, blessé, embarrassé et j'étais presque certain qu'il était aussi un peu jaloux.

— Je n'aime que toi. Mais si tu t'attends à ce que je m'excuse d'avoir continué à vivre après que toi, tu m'as laissé tomber sans même un regard en arrière, tu peux aller te faire voir.

Il resta là encore une minute, sans me regarder. Enfin, il dit :

— Je ferais mieux de partir.

— Effectivement, tu ferais mieux.

LA NUIT suivante, il était de retour. Je l'entendis frapper et quand j'ouvris la porte, il était là. Il était appuyé contre l'encadrement avec un pack de bières à la main. Il avait l'air hagard, embarrassé et terrorisé.

— Tu as une tête affreuse.

L'ombre d'un sourire flotta sur ses lèvres avant de disparaître.

— Tu es seul ?

Je fus heureux d'entendre qu'il n'y avait aucun reproche dans sa voix. Il me laissait seulement poser des limites si je le souhaitais.

— Oui.

Il soupira puis dit doucement :

— Est-ce qu'on peut recommencer à zéro, s'il te plaît ? La dernière fois, ça ne s'est pas vraiment déroulé comme je l'avais prévu.

Et toute la colère, toute la rancune issues de cette dernière et malheureuse visite disparurent. J'étais seulement heureux qu'il soit revenu.

— Bien sûr.

— J'ai entendu pour le bébé, me dit-il en entrant. Je suppose que tu es oncle Jarhead maintenant ?

Je ris, probablement plus fort que nécessaire.

Il alla poser les bières dans la cuisine et revint avec deux bouteilles ouvertes, m'en tendant une. Puis il y eut un moment où l'on resta juste tous les deux les bras ballants.

Pour ma part, je ne me lassais pas de le regarder et je peinais à ne pas jeter mes bras autour de lui et l'enlacer. Ce n'était pas un élan romantique. Bien sûr, j'étais fou de lui, mais nous n'avions pas été ensemble. Nous n'avions été que des amis. Et c'était perdre cette amitié qui m'avait blessé le plus. Le simple fait de le voir franchir ma porte, sans le front orageux de la dernière fois, me donnait l'impression que je respirais pour la première fois depuis des semaines.

Lui avait toujours l'air un peu effrayé et il regardait partout sauf vers moi. Il devait attendre que je dise quelque chose ou que je lui crie dessus, mais finalement il me jeta un coup d'œil, et j'étais toujours là à sourire comme un idiot. Il haussa les sourcils, surpris. Je réussis à dire :

— Ça fait vraiment plaisir de te voir.

Il eut l'air soulagé et me donna une tape dans le dos, si forte, que j'en vacillai un peu.

— Asseyons-nous.

Nous nous sommes retrouvés à nos places habituelles, côte à côte sur le canapé, comme des millions de fois auparavant. C'était si familier... Il se laissa aller en arrière avec un soupir et resta là, la tête renversée et les yeux fermés. On voyait qu'il était toujours extrêmement tendu, mais aussi qu'il était content d'être là.

— Alors, comment est-ce que tu as su pour le bébé ?

Il se redressa un peu en triturant l'étiquette de sa bouteille de bière, un autre geste douloureusement familier.

— C'est Cherie qui me l'a dit.

Je sentis naître une jalousie bouillonnante, écumant dans ma poitrine, et tentai de l'étouffer. Mais ma voix fut plus cassante que je ne le désirai quand je demandai :

— Comment va-t-elle ?

— Comment elle va ?

Il émit un rire colérique.

— Bon Dieu, Jared, elle est horrible. Elle est agaçante. Elle porte trop de parfum. Elle déteste sortir, déteste la montagne. Elle parle durant les matchs de football. Elle ne sait même pas ce qu'est un first down[2]. Et elle n'a que deux sujets à la bouche : à quel point elle déteste son job et à quel point elle déteste son vaurien d'ex-mari.

— Hum….

Je luttai pour ne pas sourire.

Il resta silencieux une minute puis reprit :

— Le pire, c'est que je savais déjà tout ça.

Il me regarda.

— Tu ne vas pas me dire que je suis un abruti fini ?

— Tu te sentirais mieux ?

Il rigola sans trop d'humour et recommença à triturer l'étiquette.

— Ces dernières semaines ont été épouvantables.

---

[2] NDT : Ce terme est utilisé dans le football américain dans l'annonce du terrain restant à parcourir.

J'en fus touché. Je restai silencieux une minute, puis réussit à dire à voix basse :

— Elles ont été épouvantables pour moi aussi.

— Tu m'as manqué.

C'était à peine un murmure. Mais quand je tendis la main vers lui, il dit :

— Non.

Je me rétractai, blessé.

— Je ne voulais pas dire ça comme ça.

Il soupira et se laissa à nouveau aller contre le dossier.

— Je suis juste… Je ne suis pas encore prêt pour ça. J'ai juste besoin…

Il s'arrêta, mordit sa lèvre inférieure en fixant le plafond.

— Je sais que je n'ai aucun droit de te demander quoi que ce soit, mais est-ce que je peux rester un peu ici ? Juste…

Il prit une inspiration tremblante.

— Je veux juste être ici. S'il te plaît ?

— Tout ce que tu veux.

J'ai alors allumé la télé et nous avons lentement bu nos bières. Nous avons surtout parlé de football, nous sommes facilement retombés dans nos vieilles joutes verbales, un peu plus maladroites qu'auparavant, mais c'était toujours génial. Je l'observais se détendre lentement, les couches de tension et de tristesse s'effaçant peu à peu. Il a même souri une fois, même si cela n'a duré qu'une seconde. Finalement, il s'est penché en arrière et quelques minutes plus tard, il dormait.

À mon réveil le lendemain matin, il était parti.

LE JOUR suivant, Ringo vint me chercher à l'arrière du magasin.

—Jared, Mme Rochester est là pour te voir.

Je devinai à sa voix qu'il était inquiet.

Il me fallut une minute pour reconnaître ce nom.

— Tu veux dire, Alice Rochester ?

— Je ne connais pas son prénom.

— La proviseur du lycée ?

— Oui.

— Merde.

Après l'incident avec la police, tous mes élèves, à l'exception de deux, étaient revenus avec la permission écrite de leurs parents. Mais il semblait que ce n'était pas assez. Les autres parents avaient visiblement appelé l'école pour se plaindre.

— Dis-lui que j'arrive tout de suite.

Je passai les secondes suivantes à me calmer, me préparer à ce qui, j'en étais certain, allait être une horrible confrontation.

Mme Rochester avait la quarantaine. Elle était en bonne forme et portait une jupe bleue marine et une veste assortie.

— M. Thomas.

Elle me sourit quand elle me serra la main. Elle avait les dents si blanches et parfaites qu'elle aurait pu jouer dans une pub pour dentifrices.

— Je ne crois pas qu'on se soit déjà rencontré officiellement.

— Appelez-moi Jared.

— Jared. Vous pouvez m'appeler Alice.

Elle souriait toujours.

— Vous ne réalisez peut-être pas l'agitation que vous avez créée dans notre école.

Sa bonne humeur m'agaçait mais je répondis :

— À ce propos, je suis vraiment désolé. J'essayais juste d'aider.

Elle eut l'air un peu confus.

— Pourquoi êtes-vous désolé ?

— Vous me parlez de mes séances de soutien n'est-ce pas ?

— Bien sûr. Je sais que c'est inattendu, mais je voulais vous demander si vous accepteriez de me rencontrer ainsi que quelques professeurs, juste quelques minutes ?

— Merde.

Avais-je dit ça à voix haute ?

— Excusez-moi ?

— Rien.

Je pris une profonde inspiration et fis l'effort de sourire.

— Je suis désolé. Oui, je viendrai si vous pensez que c'est important.

— Oh, bien, dit-elle avec un soulagement évident.

Son sourire Colgate était de retour.

— Si près de Thanksgiving c'est la folie pour tout le monde. Que pensez-vous du premier lundi de décembre ? Pourriez-vous venir au lycée à 15h30 ?

— Bien sûr.

Après son départ, Ringo demanda :

— C'était quoi, ça ?

— Ça, c'était probablement la fin de nos cours de soutien.

XX

DEUX SOIRS plus tard, Matt tambourina à ma porte d'entrée avec suffisamment de force pour la secouer dans ses gonds.

— J'ai rompu avec Cherie, dit-il à peine entré.

— Oh.

J'espérais que ma joie à ces mots ne soit pas trop évidente.

— Pourquoi ?

Il me regarda, il y avait de la colère dans ses yeux.

— Non ! Ne joue pas à ça. Tu sais bien pourquoi.

— Matt…

— *Non* !

La gorge serrée, je gardai le silence. Il faisait les cents pas, l'air encore plus remonté à chaque fois. J'étais persuadé que tout ce que je pourrais dire ne ferait que l'énerver, alors j'attendis. Soudain, il se retourna et enfonça son poing dans le mur.

— Tu te sens mieux, maintenant ? demandai-je.

— Non.

Il s'appuya contre le mur, la tête dans les mains. Il y avait du sang sur la peinture. J'allais devoir réparer le placo.

Enfin, il prit la parole.

— J'ai l'impression de ne pas avoir dormi depuis des semaines.

On aurait dit qu'il allait fondre en larmes à tout moment.

— Putain, je suis tellement crevé. Et paumé. Une partie de moi veut t'embrasser et l'autre veut juste te casser la gueule.

Je dus admettre que je me sentis un peu alarmé.

— Est-ce que j'ai mon mot à dire ? Parce que je préfère l'une des deux options sans aucune hésitation.

Il ne rit pas.

106

— J'aimerais arrêter de penser à toi. J'aimerais que tu ne me manques pas autant.

— Tu me manques aussi, Matt, dis-je avec franchise. Je donnerais n'importe quoi pour qu'on soit à nouveau amis.

Il garda le silence un long moment, puis sans me regarder, il répondit :

— Tu pourrais te contenter d'être mon ami ?

— Ce ne serait pas mon premier choix, mais oui, si c'est ce que tu veux.

C'était vrai. C'était mieux que d'être à nouveau seul.

Un autre silence, puis doucement, il dit :

— Je ne sais pas si je peux, Jared. J'aimerais pouvoir. Mais je ne sais pas si je peux revenir à ça.

Il prit une grande inspiration tremblante et me regarda enfin.

— Tu me manques tellement, mais j'aimerais ne pas te désirer comme ça.

— Pourquoi lutter, Matt ? Pourquoi est-ce que tu ne peux pas juste accepter que je ne suis pas le seul à être attiré, que je t'attire aussi ?

Ce n'était pas la bonne chose à dire.

Il me saisit par les bras et me plaqua contre le mur.

— Tu crois que c'est si facile ! J'ai passé toute ma vie à enfouir ces sentiments ! Je ne sais pas si aujourd'hui je peux les accepter. Je ne sais pas si je veux les accepter !

Son visage était à quelques centimètres du mien. La lueur dans ses yeux était une vraie torture. Il y avait de la douleur, de la peur, du dégoût et du désir mêlés. Je ne pouvais pas le regarder. Je ne supportais pas de voir ça.

Mais lorsque je baissai les yeux, je me figeai. Mon regard se posa accidentellement sur son entrejambe. Et je fus surpris de voir qu'il était excité. Il y avait une bosse sous son jean. Sachant que je faisais sans doute une énorme erreur, tremblant de peur et d'anticipation, je tendis les mains vers lui. Il tenait toujours mes bras plaqués contre le mur, je pouvais à peine l'atteindre. Je commençai à déboutonner son pantalon.

Il s'immobilisa complètement. Je crois qu'il ne respirait même plus. Puis :

— Qu'est-ce que tu fais ?

J'étais incapable de le regarder. Il bloquait toujours mes bras. Il aurait facilement pu m'arrêter s'il l'avait voulu.

— Je tente ma chance.

Mes mains tremblaient moins maintenant, mais j'attendais toujours qu'il s'écarte, qu'il crie, peut-être même qu'il me frappe. Le dernier bouton se défit et son érection, couverte par le tissu lisse et noir de son boxer pointa par l'ouverture.

— Tu ne devrais pas faire ça.

Mais sa voix était basse et rauque.

— Tu as sûrement raison, répondis-je.

Je frôlai du bout des doigts le tissu qui le recouvrait toujours. Sa respiration se bloqua dans sa gorge mais il ne bougea pas. Je pressai ma main contre lui, sentis sa longueur et le serrai un peu. Il hoqueta légèrement, puis émit un petit soupir comme pour se rendre. Il esquissa un dernier petit pas vers moi, son front heurtant le mur au-dessus de mon épaule. Ses mains glissèrent le long de mes bras pour reposer sur mes hanches. Je le caressai avec plus de fermeté, immisçant mes doigts à l'intérieur de son jean. Je savais grâce à sa respiration qu'il était de plus en plus excité. Est-ce qu'il se pressait contre ma main ou était-ce mon imagination ? Je ne voulais pas aller trop loin et pourtant, peut-être…

Je m'arrêtai, me demandant exactement ce que j'attendais. Alors j'entendis contre mon oreille, à peine un murmure:

— Jared, s'il te plaît, ne t'arrête pas.

Je n'hésitai pas. D'une main, je repoussai l'élastique de son boxer. Quand je la refermai autour de lui, il émit un grognement sourd. Je commençai à le caresser, lentement pour commencer, puis avec plus d'ardeur à mesure que son souffle s'accélérait. Ses doigts m'agrippèrent si fort que j'étais sûr que j'aurai des marques. Sa tête était appuyée contre le mur à côté de moi, son visage enfoui dans mes cheveux. Ses lèvres douces, sa joue rugueuse couverte d'une légère barbe, caressèrent ma peau. Il ne m'embrassait pas. Il ne bougeait même pas, mais je sentais son souffle chaud contre mon cou. C'était merveilleux.

De ma main libre, je saisis sa chemise, me retournai et le poussai contre le mur. Je me laissai tomber à genoux devant lui et le pris dans ma bouche, autant que possible. Il en eut vraiment le souffle coupé, il retint sa respiration quelques secondes, et je crus qu'il allait m'arrêter. Mais alors un sourd gémissement lui échappa, et il se laissa aller contre le mur.

J'avais la main autour de son membre, j'entamai des mouvements de va-et-vient, ma langue traçant des cercles autour de son extrémité. Impossible de me rappeler la dernière fois que j'avais été aussi excité. Je mourrais d'envie de l'embrasser, de le débarrasser de ses vêtements et de le prendre ou que lui me prenne, peu m'importait. Mais il était loin d'être prêt. Alors je continuais à sucer, à lécher et à masser la base de son membre. Aucun doute, il était excité, il poussait contre ma paume et gémissait. Il n'arrêtait pas d'amorcer un mouvement pour me toucher mais se rétractait à chaque fois, et serrait, desserrait les poings à ses côtés. Enfin, il posa une main sur mon épaule et effleura mes cheveux. Je me rappelai de mon anniversaire, de la façon dont il m'avait plaqué contre le comptoir, les mains dans mes cheveux, et je sus ce qu'il voulait.

Je m'arrêtai juste assez longtemps pour dire :

— Tu peux me tenir. Ne pousse pas, c'est tout.

Puis je recommençai à m'occuper de lui.

Il laissa échapper une exclamation :

— Oh bon Dieu, merci !

Puis il enfouit les mains dans mes cheveux, s'y agrippa. Il ne tira pas. En fait, il n'en eut pas le temps. Dès qu'il m'attrapa ainsi, il grogna et il jouit. Même s'il m'avait pris de court, je réussis à avaler rapidement sans m'étouffer et continuai à sucer jusqu'à ce que le dernier de ses frémissements se calme.

Alors seulement, je réalisai que je ne savais pas du tout ce qui allait se passer après. Ma propre érection suppliait qu'on s'occupe d'elle, alors j'essayai de me calmer. Ce qui s'était passé ressemblait moins à du sexe qu'à un moyen de relâcher la pression, comme la vapeur d'une cocotte-minute. Je ne pouvais pas m'attendre à ce qu'il me rendre la pareille.

Ses mains quittèrent mes cheveux, mais avant que je me relève, il se laissa glisser le long du mur pour s'assoir en face de moi, le visage enfoui dans ses mains. Il s'appuya contre moi, me touchant à peine. Je commençai à passer les bras autour de lui, mais il se raidit aussitôt, alors je me résolus à n'en mettre qu'un autour de ses épaules, l'autre derrière sa nuque.

Je sentais que je devais dire quelque chose mais je ne savais pas quoi.

— Matt ?

Je l'entendis inspirer à nouveau. Pas comme avant. Une inspiration déchirée, tourmentée et je réalisai qu'il était en train de pleurer.

— Hé, tout va bien, murmurai-je.

De tout ce que j'avais imaginé, je ne m'étais pas attendu à ça.

— J'ai tellement honte.

Il parla si bas que je l'entendis à peine.

Mon cœur se brisa un peu. Mon intention n'avait sûrement pas été de lui faire honte.

— Écoute, je suis désolé…

— Non.

Il inspira profondément puis dit d'une traite :

— J'ai honte d'admettre à quel point j'ai aimé. À quel point c'était bon. À quel point j'en avais envie. À quel point j'aimerais déjà recommencer. Rien, pas même avec une fille, n'avait jamais été aussi bon. C'était…

Il glissa les bras autour de ma taille et m'étreignit.

— Mon Dieu, Jared…

Le désespoir dans sa voix suffit à me briser le cœur. Mais il y avait autre chose. Quelque chose qui ressemblait à de la révérence.

— On n'est pas obligés d'en parler maintenant. Tu es épuisé. Je n'aurais pas dû insister comme ça. Tu as vraiment besoin de te reposer un peu. Qu'en penses-tu ?

Je lui parlais comme je l'aurais fait avec un enfant effrayé, mais ça sembla fonctionner. Il prit une autre inspiration fragile, puis me relâcha et se leva, me tournant le dos tandis qu'il remettait son pantalon. Il refusait de me regarder mais il n'y avait plus aucune trace de colère sur son visage, uniquement de la tristesse et de la confusion… et peut-être un peu de soulagement.

— Ouais, je crois que je pourrai dormir maintenant.

Mais il ne bougea pas.

Je me levai à mon tour et le guidai gentiment vers ma chambre. Il se laissa faire, puis resta planté là à fixer le lit avec quelque chose comme de la terreur dans le regard.

— Prends le lit, lui dis-je tout doucement. Je dormirai sur le canapé cette nuit.

J'essayai de ne pas me sentir blessé par son air soulagé. Il se déshabilla, resta en boxer et grimpa sur le lit. Une fois de plus, j'eus l'impression que je devais dire quelque chose, mais je ne savais pas du tout ce qu'il avait besoin d'entendre, là, de suite. Que je l'aimais ? Que mon cœur se brisait de le voir souffrir ainsi ? Que j'étais désolé de l'avoir pressé, que je ne voulais rien de plus que grimper à côté de lui et lui faire l'amour tout la nuit ? Je me contentai de :

— Eh bien, bonne nuit.

J'arrivais à la porte pour aller sur le canapé quand je l'entendis m'appeler doucement :

— Jared ? Tu veux bien t'allonger à côté de moi ? Je ne veux pas que tu partes.

Il me tournait le dos, toujours incapable de me faire face et me regarder.

110

— Je veux bien faire tout ce dont tu as besoin. Mais…

J'hésitai.

— Es-tu sûr que c'est ce que tu veux ?

J'osais à peine espérer.

— J'en suis sûr. Allonge-toi juste à côté de moi. Rien de plus. Je veux seulement que tu restes près de moi. C'est tout.

— Bien sûr.

Je me retrouvai bien embêté à ne pas trop savoir quoi faire de mes vêtements. Me déshabiller en premier serait comme ajouter une autre pression dont, j'en étais certain, il n'avait pas besoin. D'un autre côté, je n'avais pas vraiment envie de dormir tout habillé. Je restai planté là une minute, me disant que j'étais idiot de m'inquiéter pour ça. Finalement, je retirai mes chaussures et mes chaussettes puis mon tee-shirt, mais décidai de conserver mon pantalon, et grimpai à ses côtés sur le lit. Je m'allongeai, face à son dos. On aurait pu être lovés l'un contre l'autre s'il n'y avait pas eu cet espace vide entre nous. Il soupira. Même de là où j'étais, une dizaine de centimètres de distance, je sentis la tension le quitter.

— Juste un peu plus près, d'accord ? Je veux… j'ai juste besoin de savoir que tu es là.

Je m'approchai un peu, de sorte à être presque plaqué contre son dos, notre peau se touchant à peine. Mon corps réagit à la proximité de ce dos musclé. Je m'assurai que cette partie-là de moi ne soit pas en contact avec lui. Il n'avait pas besoin de ça. Je passai un bras autour de lui.

— Dors maintenant, d'accord ? On s'inquiétera du reste plus tard.

Son souffle ralentissait et j'avais l'impression qu'il dormait peut-être déjà, mais il répondit à voix basse :

— Merci.

Je songeai alors : *J'espère que tu penseras toujours la même chose demain matin.* Mais au lieu de cela je dis :

— De rien.

Puis il s'endormit. Je restai éveillé un long moment après ça, me demandant ce qui allait se passer à son réveil. Puis, dans son sommeil, il se rapprocha, appuya le dos contre moi et émit un soupir satisfait qui me frappa en plein cœur une fois de plus. J'enroulai mon bras étroitement autour de lui et me dis de suivre mon propre conseil. On aurait le temps de s'inquiéter demain.

JE ME réveillai une fois durant la nuit et me levai le temps d'utiliser les toilettes, de me brosser les dents et de retirer ce fichu jean. Quand je retournai me coucher, il vint tout de suite dans mes bras, bien qu'il ne prononce pas un mot. Au matin, je fus surpris de découvrir qu'il était toujours là. Il était normalement un tel lève-tôt que je m'étais attendu à ce qu'il soit parti à mon réveil. La légère tension dans ses épaules et le rythme de sa respiration m'indiquèrent qu'il était réveillé. Il devait sentir mon érection matinale pressée contre ses reins, mais il ne s'éloigna pas.

— Tu as parlé à nouveau.

Je ris.

— Qu'est-ce que j'ai dit cette fois ?

Il hésita une minute puis répondit doucement :

— Tu as dit mon nom.

Il n'avait toujours pas bougé. Je lui demandai :

— Comment te sens-tu ?

Un profond soupir, puis :

— Beaucoup mieux.

— Et comment te sens-tu au sujet de tout ça ?

Je resserrai un peu mon étreinte autour de lui pour qu'il sache de quoi je parlais.

Et je sus qu'il souriait même s'il répondit à voix très basse :

— Beaucoup mieux.

Mon cœur rata un battement.

— Vraiment ?

— Ça fait un moment que je suis réveillé et que j'y réfléchis. Et j'ai réalisé deux-trois choses.

Il s'arrêta un moment. Je pris mon mal en patience.

— J'ai fréquenté quelques filles au cours des années. Elles m'attiraient, j'ai même eu des sentiments pour quelques-unes d'entre elles. Mais je n'en ai jamais vraiment aimé aucune. Et ces relations n'ont jamais été vraiment satisfaisantes. Elles m'ont toujours semblé plus pénibles qu'autre chose. Alors j'ai abandonné. J'ai décidé que ce n'était pas mon truc, que j'étais fait pour être célibataire et que je n'allais plus fréquenter personne. Et en fait, ma vie a été beaucoup plus facile après ça... Il est arrivé que d'autres hommes m'attirent. Mais ce n'était jamais personne que je connaissais vraiment, alors je n'y faisais pas attention. Je ne voulais pas de ces sentiments alors je les enterrais au plus profond de moi jusqu'à ce qu'ils aient disparu... Et pendant un temps, ça a fonctionné. Mais tu sais comment c'est. Assez vite tous mes amis se sont mariés. Et je me suis toujours senti comme la cinquième roue du carrosse.

Oui, je connaissais cette impression.

— Le seul moment où je n'étais pas un intrus, c'était quand ils essayaient de me caser avec quelqu'un, ce qui était pire. Alors j'ai commencé à inventer des excuses, arrêté de traîner avec eux. Et puis un jour, je me suis réveillé et j'ai réalisé que je les avais perdus. Alors j'ai changé de boulot, et j'ai déménagé ici. Et je t'ai rencontré. J'étais si fatigué d'être seul et si content d'avoir enfin trouvé quelqu'un avec qui passer du temps…

À ces mots, je le serrai contre moi et murmurai :

— Moi aussi.

— Cet été, quand on a passé de si bons moments ensemble, j'étais si heureux de t'avoir trouvé. Et toute cette joie n'a fait que grandir. Elle a grandi encore et encore jusqu'à ce que je ne pense plus qu'à toi. Chaque jour à mon réveil, je n'avais qu'une hâte : te voir. C'était une sensation si agréable. Et je dois être stupide, parce que vraiment, je n'ai pas réalisé ce que ça voulait dire.

Il s'arrêta, mais je savais qu'il n'avait pas fini.

— Et c'aurait été parfait aussi, sauf que, sorties de nulle part, il y a eu ces putains de pulsions en plus de ces sentiments. De fortes pulsions. Et je ne m'attendais pas du tout à ça, honnêtement. Ça m'a pris par surprise. Et je ne pense pas avoir à préciser que ça m'a totalement fait flipper.

— Ouais, j'ai remarqué.

Mais je le taquinais.

— Et maintenant ? Est-ce que ça te fait toujours flipper ?

— Un peu. Pas autant. Ces dernières semaines, j'ai eu le temps d'y réfléchir. J'ai eu du mal à me faire à l'idée d'être avec un autre homme mais…

Il s'arrêta une seconde et je l'entendis sourire quand il continua.

— À mon avis la nuit dernière m'a beaucoup aidé.

Je souris à mon tour.

— Moi aussi. Je suis heureux d'avoir tenté ma chance alors.

— Moi aussi.

À son intonation, je devinai qu'il rougissait.

— Mais je ne parle pas que de ça. Quand je me suis réveillé il y a quelques heures, ma première réaction a été de partir avant que tu te réveilles. Mais j'ai réalisé que je n'en avais pas envie. J'ai réalisé…

Il s'interrompit une seconde, inspira profondément et dit :

— Que j'aime vraiment être ici.

— Tu es toujours le bienvenu chez moi. Tu le sais.

— Non. Je veux dire…

Et je sentis sa main sur mon bras, celui-là même qui était enveloppé autour de lui

— J'aime être *ici*.

— Oh.

Ici dans mon lit. Dans mes bras. C'était vraiment ce qu'il voulait dire ? Mon cœur battit soudain très fort. Une fois certain de pouvoir maîtriser ma voix, je demandai, aussi calmement que possible, tout en essayant de cacher l'espoir fou qui me traversait soudain :

— Es-tu en train de dire que tu veux être avec moi ?

Une pause, puis d'une voix pleine d'émerveillement, il dit :

— Je crois que je veux peut-être essayer.

Je resserrai mon étreinte, le front appuyé contre sa nuque et essayai de me concentrer l'espace d'une minute sur ma respiration. Je le sentais contre moi, si grand et fort et pourtant si vulnérable. Est-ce que c'était possible ? J'avais envie de pleurer. Je voulais lui dire que je l'aimais. Je voulais tellement l'embrasser, le toucher partout, le débarrasser du peu de vêtements qui nous séparaient, et passer la journée entière au lit avec lui. Mais je savais aussi que c'était un grand pas pour lui et je ne voulais pas le précipiter. Mon érection, qui avait commencé à se calmer durant notre discussion, était brusquement de retour, et je ne savais pas si je devais lui cacher ce fait ou non.

— Jared, dit quelque chose.

Ma voix trembla.

— Comme quoi ?

— Qu'est-ce que tu veux ?

— Matt.

Je le serrai un peu plus fort, l'embrassai dans le cou et glissai une main sur son ventre plat vers son torse.

— Tout ce que j'ai toujours voulu, c'est toi.

Il soupira et se détendit dans mes bras. J'embrassai encore sa nuque et laissai ma main explorer son torse puis son ventre. Mes doigts trouvèrent et suivirent cette merveilleuse piste de poils qui menait en dessous de son nombril. Il gémit un peu lorsque je glissai la main plus bas. Je posai celle-ci sur la bosse de son boxer, sentant son érection tressauter. Puis d'un coup, avant que je comprenne, il bondit hors du lit comme s'il était monté sur ressort et enfila son pantalon.

— Merde, Matt, je suis désolé…

— Ne soit pas désolé.

Ses joues étaient rouges d'embarras, mais il me regardait, alors je savais qu'il le pensait.

— Tu n'as pas besoin d'être désolé. Juste… pas encore, d'accord ?

Les mots 'pas encore' ressemblaient tellement à une promesse que mon cœur se gonfla de joie.

— D'accord.

— Je vais faire du café. Tu peux te doucher en premier.

Une tasse de café m'attendait sur le comptoir quand je sortis de la douche. Il regardait dans le frigo en fronçant les sourcils.

— Pourquoi est-ce que tu as autant de moutarde, au fait ?

— C'est la moutarde d'Eddy Mac.

— Quoi ?

— Tu sais, Ed McCaffrey. Il jouait pour les Broncos. Il fait des moutardes maintenant et l'argent va à une œuvre de charité. J'ai essayé de participer.

Il me gratifia de son pseudo-sourire.

— Quel philanthrope !

Il referma le frigo.

— Sérieusement, qu'est-ce que tu as à manger ? Je meurs de faim.

— Il y a des Pop-Tarts[3] dans le placard. Et des Fruit Loops[4]. Mais je te déconseille de boire du lait. J'ai du beurre de cacahouètes, mais je n'ai plus de pain.

Il s'appuya sur le comptoir, me regarda dans les yeux et dit :

— Il va vraiment falloir faire quelque chose pour cette cuisine. Est-ce que tu travailles aujourd'hui ?

— Oui. Je finis à 17 heures.

— Tu as un double des clés de chez toi ?

— Oui.

— Je peux l'avoir ?

— Bien sûr.

— Il faut que je rentre chez moi me changer, puis j'irai faire quelques courses et je te retrouve ici après ton travail.

Ça aussi, on aurait dit une promesse.

---

[3] NDT : Pâtisserie à grille-pain plate et rectangulaire produite par la compagnie Kellogg's.
[4] NDT : Marque de céréales américaine.

XXI

QUAND JE rentrai à la maison, il était dans la cuisine en train de mettre de l'eau à chauffer sur le gaz pour cuire des spaghettis.

— Tiens.

Il me lança un poivron jaune.

— Coupe ça pour la salade, tu veux ? J'ai aussi un avocat pour toi.

Il détestait ça.

— Et qu'est-ce que tu vas faire, toi ?

Il me fit un clin d'œil.

— Te superviser, bien sûr.

Il s'appuya contre le comptoir à côté de moi et je commençai à couper.

— Je voulais te demander comment ça se passait avec tes cours de soutien.

Je lui racontai pour Ringo et la visite d'Alice Rochester. Je ne savais pas cuisiner, alors je mis un long moment à couper ce poivron et cet avocat. J'avais remarqué qu'il se rapprochait alors que je parlais, mais je gardais les yeux sur la planche à découper.

Puis je sentis un léger tiraillement à l'arrière de mon crâne et ce fut comme si mon cœur s'était arrêté. C'était si anodin, si innocent, qu'il tire doucement sur une de mes boucles, mais je pris tout d'un coup conscience qu'il m'était vraiment revenu. J'avais cessé de parler, de bouger ; peut-être même de respirer. J'avais presque envie de pleurer mais je résistai. Je me forçai à prendre une grande inspiration et réalisai que je tremblais.

— Qu'est-ce qu'il y a ? souffla-t-il, presque dans mon oreille.

— Ça m'a manqué, dis-je tout bas.

— Tu m'as manqué.

Il se rapprocha encore.

116

— Jared, je veux essayer quelque chose. Comme un test. Est-ce que c'est d'accord ?

— La dernière fois que tu m'as posé ce genre de question, on ne s'est pas parlé pendant presque deux mois.

J'essayai de conserver un ton léger, mais je n'y arrivai pas vraiment.

Il passa les bras autour de moi et appuya le visage dans mon cou.

— Je sais. Je suis désolé.

J'y réfléchis un instant. Je croyais savoir ce qu'il avait en tête.

— Je ne veux plus être seul. Quoi que tu veuilles qu'il y ait entre nous. Je peux le gérer. Mais ne me laisse plus.

— Jamais. Je te le jure. J'ai retenu la leçon.

Je pris une grande inspiration, essayant de calmer les battements de mon cœur, et me retournai pour lui faire face.

— D'accord.

Il m'attira contre lui, puis prit mon visage entre ses mains, et plongea son regard dans le mien. Je fis mine de passer les bras autour de lui mais il se raidit et dit :

— Non. Ne fais pas ça.

— Je n'ai pas le droit de te toucher ?

— Pas encore.

— Que veux-tu que je fasse alors ?

— Arrête de parler.

Il était si sérieux que j'en aurais éclaté de rire si mon cœur ne battait pas si fort. Je fermai les yeux et essayai de me détendre.

Il passa les doigts dans mes cheveux, et je me rappelai de mon anniversaire : sa main dans mes cheveux, son corps contre le mien, ses lèvres contre ma nuque, puis lui s'enfuyant par la porte d'entrée.

— Détends-toi, Jared, murmura-t-il.

Je me détachai des souvenirs de cette nuit-là. Ça ne se terminerait pas comme ça. Peu importe ce qui se passerait, il avait promis de ne pas me quitter. Je le sentis se pencher sur moi. Sentis son souffle et la légère caresse contre ma bouche. De douces, chaudes lèvres contre les miennes. J'eus besoin de tout mon sang-froid pour garder les mains le long du corps. Puis il m'embrassa enfin, fermement mais gentiment, les lèvres à peine entrouvertes.

Il n'avait jamais dit que je n'avais pas le droit de lui rendre son baiser.

J'ouvris la bouche, me pressai contre lui et effleurai ses lèvres du bout de la langue.

Quel que soit le mur qu'il avait tenté d'établir entre nous, il s'effondra à cette légère caresse. Il gémit et soudain, il m'embrassa *réellement*, il m'étreignit, sa langue caressa la mienne, son corps se pressa contre le mien. Cette fois, il ne protesta pas lorsque je l'enlaçai.

Une éternité plus tard, il s'écarta un peu. Une main perdue dans mes cheveux, l'autre bras autour de ma taille, son front contre le mien.

— Est-ce que c'est le résultat que tu espérais ? demandai-je, essoufflé.

Il ferma les yeux mais ne me repoussa pas. Il inspira profondément et secoua faiblement la tête.

— Non.

— Tu ne pensais pas aimer.

Cette fois, un léger hochement de tête.

— Je croyais que ce serait au moins comme avec les quelques femmes que j'ai embrassées : plaisant mais sans surprise.

Ça me fit sourire.

— Et à la place … ?

— Mon Dieu.

Sa respiration se fit tremblante. Il me regarda dans les yeux et me sourit à son tour.

— Ça m'inspire beaucoup, beaucoup.

Je l'attirai vers moi et l'embrassai à nouveau, sa réponse fut féroce et passionnée. Comme une attaque que je ne pouvais pas vraiment repousser. Sa langue fut soudain dans ma bouche. Il avait saisi mes cheveux, les agrippait de telle sorte que je ne pouvais bouger la tête sans me faire mal. Le comptoir derrière moi me rentrait douloureusement dans le dos. Je passai les mains sous sa chemise, commençai à explorer les muscles fermes de son torse. Il arrêta de m'embrasser juste assez longtemps pour ôter sa chemise, et à ma grande surprise, la mienne aussi. Puis ses bras furent à nouveau autour de moi, une main dans mes cheveux, sa bouche chaude et insistante contre la mienne. Sa peau était douce et semblait presque fiévreuse tant elle était chaude. Il était stupéfiant. Son corps était si fort, si solide, si parfait sous mes mains. J'étais incapable de me rappeler la dernière fois où un baiser avait été si passionné et excitant.

Il lutta contre les boutons de mon jean. Il le dégrafa enfin et plongea une main dans mon pantalon. Son étreinte était ferme, rude, pas vraiment douloureuse, et j'en voulais toujours plus. J'haletais, m'arquais contre lui, espérant que je n'allais pas m'embarrasser en jouissant avant même qu'on se soit débarrassés de nos vêtements.

— Bon Dieu, Jared !

Sa voix à mon oreille semblait un peu frénétique.

— Je ne sais vraiment pas quoi faire !

Je ris un peu à sa remarque. J'aurais dû réaliser que j'aurais à le guider.

Je déboutonnai son pantalon et le fis glisser sur ses hanches, juste assez pour libérer son érection. Il suivit mon exemple. Il était plus grand que moi, alors je passai une main sur sa nuque, l'attirant vers moi, en me rehaussant un peu en même temps, jusqu'à ce que nos membres soient à la même hauteur, puis j'enroulai la main autour et commençai à nous caresser en même temps.

Dans d'autres circonstances, son expression m'aurait fait rire. Il regardait ma main s'occupant de nous d'un air tellement surpris ! Il releva les yeux vers moi et dit d'une voix essoufflée :

— Je n'y aurais jamais pensé.

Cette fois je ris pour de bon.

Mais il m'immobilisa.

— Je veux le faire.

Ce n'était pas comme si j'allais protester... Je passai mon autre bras autour de son cou, ce qui me permit de me maintenir à sa hauteur un peu plus facilement et de m'appuyer contre le comptoir. Je l'embrassai à nouveau et je sentis ses mains grandes et puissantes commencer à s'activer. J'aurais vraiment souhaité avoir enlevé nos pantalons, qu'on soit ailleurs que dans la cuisine avec le rebord du comptoir qui s'enfonçait dans mon dos, mais je n'allais sûrement pas l'arrêter maintenant. Il gémit dans ma bouche, accéléra le mouvement, et...

Son téléphone sonna.

Le monde s'arrêta.

— Merde, murmura-t-il sans ôter sa bouche de la mienne.

— Matt.

Sa main n'avait pas changé de place mais avait arrêté de bouger.

— S'il ne plaît, dis-moi que tu ne vas pas répondre.

Il sonna encore. Il l'avait laissé sur la table basse du salon. Techniquement, c'était la propriété du commissariat de police de Coda. Je ne l'avais vu l'utiliser que quelques fois.

— Je dois répondre.

Il avait la tête sur mon épaule et la respiration saccadée. On était tous les deux essoufflés.

— Tu es la seule personne hormis le commissariat qui a ce numéro. Et puisque ce n'est visiblement pas toi qui m'appelle...

119

Ça sonna encore.

— Merde.

Il inspira profondément et enfouit un instant son visage dans mes cheveux, puis il se força à s'écarter de moi.

Il était au téléphone dans le salon. Je n'écoutais pas. J'étais surtout occupé à retrouver mon souffle, remettre mon pantalon en espérant qu'il n'en aurait pas pour longtemps. Mais quand il revint une minute plus tard, je savais que quelque chose n'allait pas. Il était blanc comme un linge et ses mains tremblaient un peu tandis qu'il renfilait sa chemise et cherchait ses clés.

— Matt, que se passe-t-il ?

— Cherie est morte.

Sa voix était dénuée de toute émotion. On aurait dit qu'il parlait du temps qu'il faisait, sauf que je devinais par la tension de ses épaules et autour de ses yeux qu'il était bouleversé.

— *Quoi ?*

— Elle a été assassinée. Quelqu'un lui a tiré dessus hier soir. Je dois y aller.

J'en fus stupéfait. Personne n'était assassiné à Coda. Des gens mourraient bien sûr. On avait notre part d'adolescents sous l'emprise de l'alcool victimes d'accidents de la route et de quinquagénaires victimes d'accidents de chasse. Mais un meurtre ? Ça n'arrivait pas.

— Mais… comment ?

— Jared, je ne sais pas. Je n'en sais pas plus. Je dois y aller pour être interrogé.

— Pardon ?

Je n'arrivais pas à croire qu'il puisse être aussi calme.

— Pour eux je suis toujours son petit ami. Tu te souviens ? Même s'ils savaient que j'ai rompu, ce qui n'est pas le cas, je serais toujours un suspect.

— Putain de merde !

— Jared, écoute-moi. Je leur ai dit que j'étais ici avec toi cette nuit. L'un d'eux va venir te parler pour confirmer mon alibi.

Il s'arrêta, me regarda, et je sus ce qui allait suivre.

— Ne leur dit pas tout. J'ai eu assez de mal à les convaincre qu'on ne couchait pas l'été dernier, et maintenant ils savent tous que j'ai passé la nuit ici. Dis leur juste que je suis venu ici après la rupture, que j'ai bu un peu trop et que je ne voulais pas conduire alors j'ai squatté ton canapé.

Il avait l'air si effrayé, d'un côté je le comprenais, mais d'un autre je lui en voulais.

— S'il te plaît ?

Puis je réalisai : *Cherie est morte.* Cherie, qui évidement, n'était pas ma meilleure amie, mais quand même, je l'avais connue quasiment toute ma vie. Et soudain, ça me semblait terriblement ridicule de lui reprocher son envie de protéger sa vie privée.

— Je te le jure.

IL S'AVERA que le chef de la police vint me questionner en personne.

— Donc, c'est tout ? L'agent de police Richards est arrivé chez vous vers 9 heures, a bu quelques bières, n'a pas voulu prendre le risque de conduire et a dormi sur votre canapé le reste de la nuit ?

C'était amusant de l'entendre le dire.

— C'est tout ?

Il me questionnait depuis plus de deux heures.

— C'est à peu près tout, oui.

— Alors il a dormi sur le canapé, vraiment ?

Je haïs son sourire en coin stupide quand il posa cette question. Ce que je voulais réellement répondre était : *Est-ce que c'est important ? S'il était là, est-ce que c'est important s'il était sur mon canapé ou dans mon lit ?* Mais j'avais fait une promesse.

— Oui.

Il eut l'air un peu déçu par le ton monotone de ma réponse.

— D'accord, alors dans ce cas, je suppose que c'est tout. Merci de votre coopération, M. Thomas.

— Commissaire White, vous ne pensez pas vraiment que Matt ait quelque chose à voir avec la mort de Cherie, n'est pas ?

Il y réfléchit un instant, réfléchissant à ce qu'il voulait bien me dire, puis il soupira et dit :

— Non, pas vraiment. Une des voisines a entendu un coup de feu et quand elle a regardé dehors, elle a vu quelqu'un s'enfuir. Elle pense que c'est Dan Snyder, l'ex-mari de Cherie. Il faisait sombre et elle ne peut en être sûre. Mais la description qu'elle m'en a faite correspond beaucoup plus à Dan qu'à l'agent Richards.

Je songeai à Dan, qui était plus petit que moi et avait le ventre gonflé par la bière, puis au corps grand et musclé de Matt. Il était difficile de confondre les deux.

— Ça, plus ses antécédents de violence envers son ex-femme, en font un suspect beaucoup plus crédible.

— Alors pourquoi tout ce dérangement ?

— Le fait que Matt et Cherie se fréquentaient signifie que je devais l'interroger. Si on ne l'avait pas fait, on n'aurait pas suivi la procédure la plus raisonnable. Qu'il soit de plus un agent de police veut dire qu'on doit être d'autant plus prudents de ne pas faire preuve de favoritisme. On ne voudrait pas que quiconque prétende qu'un meurtrier n'est pas accusé juste parce qu'il est membre des forces de l'ordre.

— Et à propos de Dan ? Je suppose que vous êtes en train de l'interroger lui aussi ?

— On le fera, dès qu'on trouvera ce bon à rien.

Il se leva, mais s'arrêta devant la porte, la main sur la poignée.

— Fiston, je sais que ça ne me regarde pas...

Oh merde. Rien de bon ne suivait jamais une annonce pareille.

— Je ne sais pas ce qu'il y a entre Matt et toi. Je n'en sais rien et je m'en fiche. Mais, laisse-moi te dire, tout le monde le voit pas comme ça. Avant de venir ici, j'ai passé quinze ans dans les forces de police de Denver. J'ai vu d'autres flics homos. Ça n'a jamais été facile pour eux.

Il se tourna, me faisant face à présent.

— Je ne crois pas que tu réalises ce que ce garçon a traversé pour toi. Il a eu une assez mauvaise période, tout le monde le traitait de pédale, tout ça parce qu'il était vu en ville avec toi. Mais maintenant ça va être pire. Terriblement pire.

Je ne savais absolument pas quoi dire. Je pouvais toujours essayer de nier ce qu'il se passait, mais c'était inutile. Ils penseraient toujours la même chose, que ce soit vrai ou non.

— Pourquoi est-ce que vous me dites ça ?

— Je pensais que tu devais le savoir. Il arrivera peut-être un jour où Matt devra faire un choix. Si tu tiens à lui, et je pense que oui, tu ne feras rien pour rendre ce choix plus difficile pour lui qu'il ne l'est déjà.

XXII

L'ENTERREMENT DE Cherie eut lieu quelques jours plus tard. Matt insista pour qu'on y aille ensemble.

— Es-tu sûr que c'est une bonne idée ? lui demandai-je.

Je ne l'avais pas vu depuis qu'il était parti en trombe de chez moi à l'annonce de sa mort et je ne lui avais pas parlé de ma conversation avec le commissaire White. Il haussa juste les épaules.

Dans les films, il pleuvait toujours durant les enterrements, mais pour celui de Cherie, il faisait beau. En moyenne, il y a trois cents jours de soleil par an dans le Colorado et ç'en était un. La température dépassait les quinze degrés. Seuls les arbres nus et les feuilles mortes qui glissaient par terre témoignaient de la saison actuelle.

Matt se tint debout à côté de moi durant la cérémonie et nous prétendîmes ne pas voir ou remarquer les sourires en coin de certains de ses collègues policiers, dont l'agent Jameson. Quand la cérémonie prit fin, il dit :

— Allons dire bonjour.

— T'es cinglé ? demandai-je d'un ton cassant.

— Jared.

Sa voix était calme et raisonnable.

— Viens avec moi, laisse-moi te présenter. Tu as juste à serrer quelques mains et on s'en ira.

— Non. Vas-y, toi. Je serai dans la voiture.

Je voyais bien qu'il était agacé, mais je m'en fichais. Comment sourire alors qu'il me présentait à ceux qui venaient de se donner des coups de coudes en me repérant à ses côtés ?

Le trajet du retour jusque chez moi se fit en silence. Je le croyais fâché de mon refus de rencontrer ses collègues de travail, mais alors que j'allais en faire la remarque, il dit brusquement :

— C'est de ma faute si elle est morte, pas vrai ?

Il ne me regardait pas, il regardait droit devant lui un point sur le pare-brise.

— Bien sûr que non.

— Si. Je la fréquentais, il était jaloux, alors il l'a tuée. Et le pire c'est que je ne ressentais rien pour elle. Je l'utilisais, j'ai été un idiot, un imbécile égoïste, et à cause de ça elle est morte.

Nous savions tous deux que Dan avait été de plus en plus violent envers Cherie au fil des années, et à mon avis cela aurait très bien pu se finir de la même manière avec ou sans Matt. Mais voir en Matt un rival avait pu lui donner l'impression d'une menace.

— Qu'en est-il de Dan ? Savez-vous où il peut être ?

Il sembla s'extirper de son coup de blues et se tourna vers moi.

— Non. Ce connard n'a jamais eu l'air très intelligent, mais il a réussi à nous éviter jusque-là.

Il était toujours assis dans la Jeep, ce qui me surprit.

— Tu ne viens pas ?

— Pas ce soir. Je dois y aller. J'ai changé mes horaires pour avoir le matin libre et pouvoir venir à l'enterrement. Je commence à deux et fini à dix, mais je dois y retourner à 6 heures demain.

— Oh.

Je tentai d'avoir l'air désinvolte, mais j'avais l'impression qu'il évitait de rester seul avec moi.

— Je te verrai plus tard alors.

Il dut percevoir quelque chose dans ma voix, parce qu'il m'attrapa le bras et attendit que je lève les yeux vers lui.

— Je sais à quoi tu penses et tu te trompes.

— Vraiment ?

Il m'adressa un de ces magnifiques sourires et répondit :

— Je te le jure.

LE JOUR suivant était un jeudi, c'était notre dernier cours de soutien avant les vacances de Thanksgiving, et seuls quatre gamins étaient venus. Je commandai à nouveau des pizzas. À eux seuls, ils réussirent à réunir près de sept dollars qu'ils me tendirent fièrement.

À ce stade, je n'avais plus à les aider beaucoup. C'était plus devenu un groupe de révision surveillé, mais j'étais là si jamais ils calaient. J'étais sûr que certains ne venaient que pour avoir de la compagnie, mais ça ne me dérangeait pas.

On commençait juste quand Matt frappa à la porte.

— Tu n'as pas à frapper, tu sais, lui dis-je après l'avoir laissé entrer.

Il me répondit par un de ses pseudo-sourires.

— Je m'en souviendrai.

Il jeta un coup d'œil au salon, à tous ces gamins rassemblés autour de la table, puis il fronça les sourcils.

— J'avais oublié que c'était le jeudi.

— La pizza est en route.

— Combien de temps vont-ils rester ?

Son agacement me surprit.

— Ils seront tous partis vers 9 heures.

Il me regarda à nouveau puis m'entraîna dans le couloir, à l'abri des regards. Il passa un bras autour de ma taille, m'attira contre lui et murmura dans mes cheveux.

— Tu ne peux pas les renvoyer chez eux ?

Je réalisai soudain les sous-entendus de sa question et mon corps réagit aussitôt. Il me serrait suffisamment contre lui pour qu'il ne puisse ignorer l'effet qu'il avait sur moi. Il gémit un peu et me poussa contre le mur.

— Jared, s'il te plaît…

Mais juste à cet instant, la sonnette retentit et quatre adolescents s'écrièrent à l'unisson :

— Pizza !

— Ils ont interro demain.

Il m'embrassa dans le cou, juste en dessous de mon oreille, puis me relâcha.

— Ces deux heures vont être interminables, n'est-ce pas ?

Mais il souriait.

Il s'installa dans le salon pendant que j'aidais les gamins. Je me demandais s'ils réalisaient à quel point j'étais distrait. La moitié du temps, je pensais à ce que nous ferions une fois seuls. Mais je n'avais pas oublié l'avertissement du commissaire White, et je m'inquiétais car Matt n'avait pas réfléchi aux conséquences d'être avec moi… Puis je recommençais à me dire à quel point j'avais envie de lui, et je me sentis coupable parce que c'était moi qui ne pensais pas aux conséquences de ses actions.

Les gamins commencèrent à ramasser leurs livres, se préparèrent à partir. Matt le remarqua et se dirigea vers ma chambre, me lançant un clin d'œil en passant. Je rougis, je dus m'assurer que ma chemise dissimulait toute trace de mon état. Heureusement, les adolescents sont particulièrement égocentriques. Ils ne remarquent jamais rien. Je les accompagnai à la porte d'entrée puis rejoignis ma chambre. Je n'arrivais pas à croire à quel point j'étais nerveux. Mon cœur battait la chamade, mes mains étaient moites et mon estomac noué. Je passai d'abord par la salle de bain pour me brosser les dents. Je ne savais pas trop si je cherchais à gagner du temps ou si je me préparais. Quoi qu'il se passe, j'étais déterminé à lui laisser mener le jeu. Ce serait sa première fois avec un autre homme et il y aurait des choses pour lesquelles il ne serait pas prêt.

J'eus à peine le temps d'entrer dans la chambre qu'il fut sur moi. Il m'embrassa aussitôt avec fièvre, m'ôta ma chemise, puis commença à retirer mon pantalon.

— Matt, tu es sûr que c'est ce que tu veux ?

Je devais le demander au moins une fois, avant que d'autres parties de mon corps ne supplantent mon cerveau.

Il plongea son regard dans le mien.

— Tu me demandes ça, là, maintenant ?

— Je veux seulement que tu sois sûr.

Les yeux pétillants, il prit mon visage entre ses mains et dit doucement :

— Je suis sûr.

Il m'embrassa, rapidement mais avec douceur, puis me repoussa, joueur, sur le lit, et retira mon pantalon. Il ôta ensuite mon boxer et s'allongea sur moi, toujours complètement habillé. Je lui souris et tirai sur sa chemise.

— Ce n'est pas exactement comme ça que ça fonctionne.

Il me sourit à son tour.

— Chhhut.

Il glissa les mains sur ma taille et commença à m'embrasser dans le cou.

— Je n'arrive toujours pas à croire que c'est en train d'arriver.

Il n'avait pas l'air terriblement perdu ou troublé, juste surpris. Je posai la main derrière sa tête, là il où ses cheveux étaient plus courts.

— Jared.

Il prononça mon nom comme un doux murmure contre ma peau.

— Je ne m'habituerai jamais à ressentir ça. Je n'arrive pas à croire à quel point j'ai envie de toi.

Ses lèvres étaient douces et chaudes, son menton et ses joues rugueux à cause de sa barbe. Il descendit pour embrasser mon ventre, se déplaça lentement vers mes hanches, alternant baisers et petites morsures. Sa bouche ne toucha jamais mon érection. Le fait qu'il soit suffisamment proche pour que je la sente frôler sa joue quand il m'embrassait, c'était fabuleux. Il progressa suivant la ligne sensible où ma jambe et mon bassin se rencontraient, puis délimita le tapis de poils avec de tendres baisers. Sa langue déposa derrière elle une petite traînée humide qui me laissa haletant sous lui.

Il s'écarta et m'embrassa, un baiser profond, lent et doux, puis il se leva et commença à se déshabiller. Je m'assis sur le bord du lit et l'observai. Je me demandais si je m'habituerais jamais à la beauté de son corps : bien bâti, musclé, une peau lisse et bronzée. À côté de lui j'avais l'air pâle et rachitique.

Il dut remarquer mon expression, parce qu'il pencha la tête et me demanda, taquin :

— Qu'est-ce qu'il y a, cette fois ?

Je le détaillai de haut en bas et répondit :

— Je ne me sens tout d'un coup pas du tout à la hauteur.

Il me sourit.

— Tu plaisantes ? Ne sais-tu pas l'effet que tu me fais ?

Je souris à mon tour. Il n'y avait aucun doute, maintenant qu'il était nu, que c'était ce qu'il voulait.

— C'est ce que je vois, oui.

Je le saisis par les hanches et l'attirai vers moi. J'embrassai son ventre d'abord, comme il m'avait embrassé. Ce petit chemin sombre qui partait de son nombril était la chose la plus sexy que j'avais jamais vue. Je me souvins de cette nuit dans la tente, des mois auparavant : j'avais été si excité par ce seul aperçu. Ce soir, j'allais enfin pouvoir le suivre, d'abord du bout des doigts, puis avec mes lèvres et ma langue. Je me penchai sur ce tapis noir plus épais à la fin. Son odeur était enivrante : musquée et masculine.

Il émit à nouveau ce gémissement sourd et rauque, comme un grondement, qui me rendait fou, il avait les doigts enfouis dans mes cheveux. Je passai la langue à la base de son membre et lentement la laissai courir sur toute sa longueur jusqu'aux gouttes salées à son sommet. Je taquinai la petite fente qui s'y trouvait puis refermai les lèvres juste autour du sommet et aspirai. Ses mains tressautèrent dans mes cheveux et il gémit.

Je passai une fois de plus la langue sur la petite fente, puis empoignai ses fesses à deux mains et le tirai vers moi afin d'enfouir profondément son sexe dans ma bouche. Sa respiration se bloqua et il m'agrippa, me maintenant en place l'espace d'une seconde, son membre m'étouffant presque, mon nez contre son aine. J'étais sûr qu'il allait éclater. Mais soudain, il s'écarta, tout en me repoussant avec douceur en même temps.

Je le regardai, inquiet.

— Qu'y a-t-il ?

— Pas comme ça, me dit-il.

Il me décala sur le dos et s'allongea sur moi.

— Cette fois, je veux qu'on en profite tous les deux.

Il m'embrassa. Un baiser tendre au départ. Sa langue effleura la mienne, il mordilla ma lèvre inférieure. Puis ça devint rapidement plus fiévreux, affamé. Il enfouit une main dans mes cheveux, tira, m'incita à basculer la tête en arrière pour accéder à mon cou. Je fis courir mes mains sur son corps, d'abord sur sa douce mais piquante coupe militaire, puis sur ses épaules musclées et ses bras, puis le long de son dos et autour de son ventre, qui était parfait, dur et bien dessiné. Je retrouvai cette piste sombre qui partait de son nombril. Je fus incapable de m'en détourner.

Il s'occupait toujours de mon cou, le léchant, l'embrassant, le mordillant un peu. Son autre main errait sur mon ventre, ma cuisse et entre mes jambes. J'avais l'impression que ses doigts me touchaient partout, m'exploraient, au point que je crus qu'il suffirait d'une caresse de plus pour me faire exploser. Je sentais son érection frotter avec insistance contre ma jambe.

Je me penchai pour accéder au tiroir de ma table de nuit et attrapai le lubrifiant. Il arrêta de m'embrasser le cou et eut l'air inquiet lorsque j'en appliquai sur mon anneau de chair.

— Ce n'est pas ce que je voulais dire, souffla-t-il.

— Tu ne veux pas ?

Je parlai de façon aussi désinvolte que possible. Je ne voulais pas le forcer.

— Je ne dis pas que je ne veux pas. Mais est-ce qu'on en profitera tous les deux ?

Je réalisai enfin ce qu'il demandait. Est-ce que j'y prendrais du plaisir aussi ? Je l'embrassai.

— Oui. Fais-moi confiance.

Il se détendit à nouveau et retourna à mon cou. Je fus surpris de sentir ses mains descendre le long de mon corps, dépasser mon périnée, explorer doucement. Il déplaça les doigts en doux cercles autour de mon entrée, et j'enroulai les bras autour de lui, me cambrai contre lui en gémissant. Je l'entendis souffler un 'oh' surpris à mon oreille. Puis il murmura :

— Dis-moi quoi faire.

Je n'avais jamais été du genre à donner des ordres au lit, mais je réussis à dire :

— Plus fort.

La pression s'accentua et ce fut une sensation plus qu'agréable, mais j'en voulais encore plus. Je poussai contre sa main, je voulais sentir ses doigts à l'intérieur.

— Plus, Matt, s'il te plaît.

Je soupirai. Mais je le sentis se crisper un peu et il secoua la tête en retirant sa main. Apparemment, il avait atteint sa limite.

— Je ne veux pas te forcer, lui dis-je, dis-moi ce que tu veux.

— Je ne sais pas !

Je fus surpris de voir à quel point il avait l'air frustré mais il y avait aussi du rire dans sa voix.

— Je te veux ! Bon Dieu, Jared, je n'ai jamais été aussi excité de toute ma vie mais je ne sais pas quoi faire du tout. J'ai l'impression d'être de retour au lycée.

Il me sourit.

— Au moins, il n'y a pas de levier de vitesse qui gêne.

Je ne pus que rire.

Il m'embrassa, doucement, sa langue explorant ma bouche puis courant sur mes lèvres, et il murmura à mon oreille.

— Jared, dis-moi ce que je dois faire. Dis-moi ce que toi, tu veux.

Je savais exactement ce dont j'avais envie, mais je ne voulais pas le faire flipper.

— Tu peux dire non.

J'avais horreur de ce dialogue issu digne d'un mauvais film porno, mais il m'avait demandé pas vrai ?

— J'ai vraiment envie que tu me baises.

Il grogna un peu de désir. Il referma les mains sur moi et hocha la tête.

Je le repoussai, pris l'oreiller, le plaçai sous mes hanches et me mis en position, toujours sur le dos. Il m'observait, se caressant lentement. Il n'avait pas l'air perturbé. Il enfila le préservatif que je lui donnai sans un mot. Mais quand je me pressai contre lui, essayant d'initier la pénétration, il hésita.

— Je ne vais pas te faire mal ? me demanda-t-il, et je fus touché par le réel souci que je vis dans ses yeux.

— Non. Va juste doucement au début.

Ça semblait être la bonne chose à dire, mais je ne m'attendais pas à ce qu'il se retienne une fois lancé. J'avais raison.

Dès que mon corps se referma sur le sommet de son membre, il ferma les yeux et frissonna. Avec un grognement sourd, il termina de s'enfoncer en moi, pas assez brutalement pour faire vraiment mal, mais j'étais heureux que ce ne soit pas ma première fois. Puis il se figea et sembla retenir son souffle.

— Oh bon Dieu, je suis désolé.

— Ne le sois pas.

C'était magique, en fait. Je m'arquais déjà sous lui, émerveillé de voir nos corps se compléter. Je réalisai alors à quel point j'étais déjà proche de jouir.

— Oh mon Dieu, c'est incroyable ! s'exclama-t-il

Il tremblait sous ses efforts pour rester immobile.

— Pour moi aussi. Bon Dieu, Matt, il faut que tu bouges ! Je ne peux pas tenir plus longtemps !

— Si je bouge d'un centimètre je vais jouir.

— Je crois que c'est le but.

Il sourit un peu à ma répartie et ouvrit les yeux pour me regarder. Mais il ne bougeait toujours pas. Je lui pris une main, la déplaça sur mon membre et poussai contre elle. Ce grondement bas recommença et enfin, il se détendit et me caressa en commençant à bouger. Pas de profonds mouvements, il se déplaçait à peine, lentement, doucement contre moi. Cette friction grisante, ses mains fortes et rugueuses, c'était incroyable. J'attrapai le sommier à deux mains pour bouger avec lui, les yeux fermés, perdu dans les sensations. Il ne me fallut que quelques caresses. Dès que mes muscles se resserrèrent autour de lui, il m'attrapa, s'enfonça une dernière fois en moi avec un cri, plus de surprise que d'autre chose.

Un instant, il resta là, toujours à l'intérieur de moi, à sentir mon corps pulser autour de lui. Puis il se retira et se laissa retomber, les bras enroulés étroitement autour de moi, et devint un poids mort. Une fraction de seconde je crus qu'il s'était évanoui, puis je réalisai que je l'entendais murmurer.

— Bon Dieu. Jared. Waouh. Bon Dieu.

Une litanie sans fin de mots essoufflés, murmurés dans mes cheveux.

Je tournai la tête, embrassai son oreille et réussis à chuchoter :

— Tu es lourd. Je ne peux pas respirer.

— Désolé.

Je le repoussai, fort, et il glissa paresseusement sur le côté, étendu en étoile de mer sur le dos.

— Waouh.

Je me levai en riant et forçai mes jambes flageolantes à me conduire à la salle de bain. Je me nettoyai et lui ramenai une serviette. Il n'avait toujours pas bougé. Il avait l'air abasourdi, fixant le plafond en clignant des yeux. Je l'essuyai.

— On pourra recommencer ?

Il avait l'air si sincère qu'un rire m'échappa.

— Quoi, déjà ?

— Mon Dieu, non ! Je veux dire, une fois que je pourrai à nouveau bouger.

— Et quand penses-tu que ce seras possible ?

— Peut-être lundi.

Je ris et m'allongeai sur le dos près de lui, la tête posée sur son épaule.

— Je te laisse jusqu'à demain matin.

— Je n'avais pas réalisé que ce serait si différent.

— Ça l'est ? Je serais incapable de le dire.

— C'était…

De toute évidence, il eut dû mal à trouver ses mots, puis il se décida pour *Intense*.

— …Intense positivement ?

— *Très* positivement.

Je ris encore.

— Je suis content que tu approuves.

— Et c'est agréable… ? Je veux dire, quand, hm. Tu sais, l'autre… ?

— Tu me demandes si c'est vraiment bon d'être celui qui reçoit ?

— Oui.

Apparemment soulagé de ne pas avoir à plus développer.

— Ça peut l'être, oui. Ça l'était, là.

Je frissonnai à ce souvenir.

— Ça t'inquiète ?

— Un peu. Enfin…

Il rit nerveusement.

— Plus qu'un peu, pour être honnête. Mais je te fais confiance.

— Il n'y a aucune raison de se presser.

Mais mon côté pratique s'agitait à nouveau.

— Matt, es-tu sûr que c'est ce que tu veux ?

— Pourquoi me demandes-tu ça maintenant ? N'est-ce pas ce que toi, tu veux ?

Il semblait principalement amusé mais aussi un peu exaspéré.

— Tu sais que oui.

— Alors quel est le problème ?

Je lui confiai alors ma conversation avec le commissaire White. Mais quand j'eus fini, il haussa juste les épaules. Je ne le voyais pas mais je le sentis bouger sous moi.

— Tu n'es pas inquiet ? Quelques jours plus tôt tu ne voulais pas qu'ils sachent.

— Je sais. Mais j'ai compris quelque chose. Ils croient tous qu'on est amants de toute façon. Ça fait maintenant des mois qu'ils en sont persuadés. Tu n'as pas idée du nombre de fois depuis ton anniversaire où ils m'ont taquiné à propos de notre 'dispute de couple'. Que je sois ici l'autre soir n'a fait qu'empirer les choses. La seule façon de les faire changer d'avis serait de ne plus jamais te voir. Et c'est hors de question. Alors s'ils pensent déjà que c'est vrai, et que je veux que ce soit vrai, et que tu veux que ce soit vrai, alors il n'y plus aucune raison pour que ça ne le soit pas.

— J'adore ta logique.

— C'est bien ce que je pensais.

Je devinai qu'il souriait même sans voir son visage.

— Alors le commissaire a tort ? Tu n'as pas à faire un choix ?

Il se tourna vers moi, me poussa sur le flanc de façon à se presser contre mon dos et s'enroula autour de moi comme une couverture.

— Je l'ai déjà fait, Jared. Il croit que je n'ai qu'un choix, toi ou ma carrière, mais pas moi. Je choisis les deux.

Il déposa un baiser sur ma nuque.

— Je ne t'abandonnerai pour rien au monde. Mais je ne quitterai pas mon job non plus.

— C'est vraiment possible ?

— Fais-moi confiance.

XXIII

APRÈS ÇA, Matt ne fit plus aucun effort pour cacher notre relation. Il avait toujours son appartement, mais de plus en plus de ses affaires trouvèrent le chemin de ma maison et il passait toutes les nuits dans mon lit. Je ne me plaignais sûrement pas, mais je fus surpris de découvrir que c'était soudain moi qui voulait éviter d'être vu avec lui en public. Lorsque nous n'étions pas ensemble et que les gens risquaient de croire que nous l'étions, ça n'avait pas eu d'importance. Mais désormais que c'était vrai, j'étais soudain embarrassé. J'étais certain que tout le monde nous regardait ou parlait de nous. Je savais que c'était ridicule et complètement insensé, mais je ne pouvais m'en empêcher. Et les premiers jours ce ne fut pas si difficile de le convaincre de rester à la maison avec moi.

Notre plus gros motif de dispute, cependant, devint rapidement ses collègues. En particulier, mon manque d'enthousiasme à l'idée de les rencontrer ou de passer du temps avec eux.

— Jared, rencontre-les au moins, me dit-il plus d'une fois.

— Pourquoi les rencontrer ? Je sais ce qu'ils pensent de moi.

— Ce sera dur au début, mais ce sera utile à long terme.

— Non !

Je n'arrivais pas à croire qu'il voulait que je me soumette volontairement à leur dérision.

À force de la répéter, cette conversation prenait des allures de disque rayé.

Bien sûr, nous nous rendîmes chez Lizzy et Brian pour le dîner de Thanksgiving. À la seconde où Matt franchit la porte, Lizzy se jeta à son cou avec un cri excité.

— Oh Matt, je suis si heureuse de te voir !

— Oui, moi aussi, Lizzy.

— J'avais bien dit à Jared que t'allais cesser de jouer les autruches !

Il devint rouge comme une tomate mais répondit :

— Avec raison, comme d'habitude.

Elle rayonna.

Brian amena James et fit mine de le passer à Matt. Sa réaction fut la même que la mienne.

— Je ne peux pas le prendre ! Et si je le fais tomber ?

— Mais non !

James avait l'air si petit entre ses grandes mains. Matt s'assit sur le canapé, le tint pendant un moment. Il le découvrait, alors il compta tous ses doigts et ses orteils. Il effleura la joue de James du bout des doigts et sourit quand le bébé se tourna vers lui, ses petites lèvres faisant des bruits de succions.

— Il est si petit.

— Oui.

Lizzy ébouriffa les cheveux de Matt.

— Aideras-tu Jared à le garder quand on sortira ?

— Tu peux en être sûre !

— Alors je te promeus officiellement oncle honoraire. Oncle Matt.

Il la gratifia d'un sourire éblouissant.

— Ça me plaît.

LE JOUR de mon rendez-vous avec le comité du lycée arriva. Je fis un effort pour avoir l'air un peu plus présentable que d'ordinaire. Je passai un laps de temps ridicule à tenter de rassembler toutes ses boucles en une queue de cheval et enfilai le seul pantalon un peu habillé que je possédais, avec une chemise boutonnée jusqu'en haut et une cravate.

— Waouh, dit Matt quand j'émergeai de ma chambre. Tu sors vraiment le grand jeu. Es-tu nerveux ?

— Très.

— Ça va aller. Une bière fraîche t'attendra à ton retour.

J'avais l'impression de partir en guerre, armé pour le combat. J'y avais bien réfléchi et j'avais décidé de me battre. J'emportais avec moi une copie de mon certificat d'enseignement et les lettres de soutien que j'avais reçu des parents. S'ils voulaient que j'aide leurs enfants, pourquoi l'école devait-elle s'en mêler ?

Pénétrer dans le lycée fut étrange. Je n'y avais pas mis les pieds depuis que j'y avais été élève, quinze ans plus tôt, mais c'était comme si rien n'avait changé. Les décorations sur les murs étaient les mêmes, ainsi que cet étrange linoleum tacheté. Même cette indéfinissable odeur était identique. J'étais certain que si j'allais ouvrir mon ancien casier, mes livres y seraient toujours à m'attendre. Ça fit remonter en moi toutes les émotions de mes années de lycée, quand j'essayais de cacher ce que j'étais. Ça ne m'aida pas du tout à garder confiance.

Le 'comité' du lycée était composé de quatre personnes. M. Stevens, le directeur de l'orchestre, en faisait partie. Alice Rochester commença à faire les présentations. Je fus surpris qu'ils acceptent qu'on s'appelle tous par nos prénoms.

— Voici Ann, notre professeur de maths.

Alice me montra une petite blonde, plus jeune que moi, qui avait sûrement tous les lycéens dans sa poche.

— Et Roger, notre professeur de sciences.

D'à peu près mon âge mais petit et enveloppé.

— Et il me semble que vous connaissez Bill, notre professeur de musique.

Bien sûr, il portait un nœud papillon. Je leur serrai la main puis m'assis dans la chaise qu'ils m'avaient réservée.

— Jared, commença Alice. Nous avons beaucoup entendu parler de vous dernièrement. Plusieurs de nos étudiants se sont exprimés et nous avons également reçu des appels de certains parents.

— Écoutez, si c'est à propos des cours de soutien, j'ai des mots des parents et j'ai mon diplôme de professeur…

— Vous l'avez apporté avec vous ? Oh très bien ! Je souhaitais vous le demander. Donc je suppose que vous savez pourquoi vous êtes là ?

— Je présume que c'est parce que quelqu'un croit que je ne peux pas donner des cours à quelques gamins sans agir comme un pédophile et les peloter, mais je vous assure…

Soudain, tous s'agitèrent nerveusement, réarrangèrent leurs papiers et levèrent les yeux vers le plafond, apparemment très gênés. Tout le monde sauf M. Stevens.

— Jared, me dit-il gentiment. Je crains que vous n'ayez mal compris le but de cette rencontre.

— Vraiment ?

— Aurais-je été présent si notre ordre du jour avait tout simplement été de vous persécuter à cause de votre orientation sexuelle ?

— Euh…

Je me sentis bête. J'examinai les visages autour de moi. Alice et Roger étaient toujours en train de gigoter, regardant par-dessus mon épaule, mais Ann me souriait.

— Oh mon Dieu ! Je suis désolé.

Pourquoi ne pouvais-je jamais me taire ? Je n'aurais pas pu attendre ce qu'ils avaient à me dire avant de les accuser ? J'inspirai profondément puis les regardai à nouveau et fus soulagé de voir qu'ils osaient faire de même.

— Bon sang, c'est embarrassant. Écoutez, et si je me taisais et qu'on recommençait depuis le début ?

Alice me gratifia à nouveau de son sourire digne d'une pub pour dentifrice.

— Jared, je ne savais pas du tout que vous vous attendiez à être attaqué en venant ici, même si cela clarifie quelques détails de notre conversation l'autre jour.

Juste quand je croyais ne pouvoir être plus embarrassé.

— J'aurai dû être plus claire. La raison pour laquelle nous vous avons demandé de venir aujourd'hui est que nous aimerions vous offrir un poste au lycée.

Je n'aurais pas été plus surpris si elle m'avait annoncé qu'elle allait faire un strip-tease avant de sauter du bâtiment.

— Vous voulez dire, comme un travail ?

— Oui, 'comme un travail'.

Elle esquissa un sourire en coin et je crois même qu'elle me fit un clin d'œil.

— Pour être franche, Jared, la plupart de nos professeurs sont débordés. Ils enseignent plus de matières qu'ils en sont capables et beaucoup d'entre eux enseignent des matières dans lesquelles ils ne sont pas spécialistes. Les math avancées et les classes de sciences par exemple ont été, euh, un peu problématiques.

— Ce qu'Alice essaie de dire, intervint Ann, c'est que Roger et moi ne savons pas du tout ce que nous faisons.

Alice fit mine de protester, mais Ann l'interrompit.

— C'est vrai. Je n'ai jamais eu l'intention d'être professeur de maths. C'est juste ce qui est arrivé. Je peux enseigner aux classes les plus basses, mais la vérité c'est que l'algèbre avancé et le calcul infinitésimal sont bien au-dessus de mon niveau.

Elle se tourna vers Roger.

Il hocha la tête.

— C'est vrai. Je suis un biologiste. Et je peux me débrouiller en chimie. Mais la physique, ça me dépasse.

Alice reprit :

— Ann et Roger ont fait de leur mieux, mais le fait est que nous faisons une terrible défaveur aux élèves.

Ils hochèrent tous la tête.

Ann reprit la parole.

— Nous n'avons pas tant d'élèves que ça qui atteignent le niveau du calcul infinitésimal ou qui souhaitent faire de la physique, mais il y en a quelques-uns. Ils sont très nombreux à avoir du mal, et je n'ai jamais été vraiment capable de les aider.

Je me rappelai de Ringo disant que son professeur ne savait rien. Je n'avais pas réalisé qu'il avait raison.

— Mais d'un coup, cette année, les élèves ont commencé à obtenir des A. Ils ont commencé à me faire remarquer mes erreurs, à moi.

Elle rougit.

— Ce n'est pas agréable d'être dans un cours de lycéens, laissez-moi vous le dire. Et il n'a pas fallu longtemps avant que j'entende parler de vous.

— Donc vous voulez que j'enseigne ?

Je savais que c'était une question stupide mais je n'arrivais pas à me faire à cette idée. J'avais été si sûr d'arriver sur un champ de bataille. Je ne m'en étais toujours pas remis.

— Vous commenceriez en janvier, pour la mi-semestre. Je vous ai préparé toutes les informations sur le salaire et les avantages. On ne peut pas vous payer beaucoup. Vous pourriez gagner plus en enseignant à Boulder ou Fort Collins, mais puisque vous avez déjà une vie ici à Coda, nous avons pensé que l'on pourrait peut-être vous convaincre.

Elle me tendit une pochette remplie de documents.

— Prenez le temps d'y réfléchir et d'en parler avec votre famille. N'hésitez pas à m'appeler si vous avez la moindre question entre temps.

— Le fait que je sois gay n'est pas un problème ?

Ce fut M. Stevens qui répondit. Je réalisai alors qu'il avait été inclus dans réunion justement pour cette raison.

— Ce n'est pas un problème en ce qui concerne le lycée. Je ne vais pas mentir, il y aura des parents qui vont se plaindre. Pas beaucoup mais quelques-uns. Toutefois, le fait est que, comme la musique, la physique avancée, l'algèbre et le calcul infinitésimal sont des matières facultatives. Donc les parents peuvent décider. Si leurs préjugés sont plus importants que l'éducation de leurs enfants, eh bien, franchement, ce n'est pas notre problème. Je ne vais pas vous mentir, Jared. Ce n'est pas toujours facile. Les enfants peuvent être méchants et leurs parents aussi. Mais cela peut aussi être très gratifiant.

— Je, euh…

Je ne fus pas très éloquent.

— Je suis vraiment désolé à propos de plus tôt. Je n'imaginais pas que c'était ça. Je ne sais vraiment pas quoi dire.

— Eh bien, nous espérons que vous allez dire 'oui'.

XXIV

LA PARTIE rationnelle de mon cerveau savait que j'aurais dû être enchanté à l'idée de ce travail. Mais le reste, qui semblait être plus bruyante, ne ressentait que de l'anxiété. Je n'arrivais pas à mettre le doigt sur la source de cette anxiété. C'était en partie le magasin, je savais que je mettrais Brian et Lizzy dans le pétrin. Il y avait aussi la certitude que certains parents n'apprécieraient pas. Et puis le souvenir de ce que certains de mes camarades disaient au sujet de M. Stevens quand j'étais encore au lycée. Y avait-il d'autres raisons ? Je n'en étais pas sûr. Tout ce que je savais, c'était que la seule pensée d'accepter ce job me donnait des sueurs froides.

Matt, lui était, aux anges. En fait, il me fit un énorme câlin qui me souleva du sol et me fit craquer les côtes.

— C'est merveilleux ! Et toi qui pensais qu'ils voulaient t'incendier. Tu vas appeler Lizzy ?

L'idée de le dire à Lizzy me rendit nauséeux.

— Pas tout de suite.

— Est-ce que je peux lui dire ?

Je n'arrivai même pas à le regarder dans les yeux quand je lui répondis.

— Non.

— Pourquoi pas ?

La confusion avait remplacé la joie dans sa voix.

— Parce que, je ne sais pas encore si je vais accepter ce job.

— *Quoi ?*

— Quelle partie de cette phrase tu n'as pas compris, Matt ?

J'avais voulu le dire comme une blague mais mon ton fut plus cassant que je ne le désirai.

— Très bien !

Et maintenant il avait l'air blessé et en colère.

— Préparons le dîner, d'accord ? On peut en parler plus tard ?

J'évitais toujours de sortir avec lui. Il tressaillait un peu à chaque fois que j'insistais pour manger à la maison et son regard s'assombrissait un peu plus mais il n'insistait jamais.

En revanche, on s'était encore disputés à propos de ses collègues et de mon refus continuel de passer du temps avec eux. Et ce soir-là, au cours du dîner, il laissa éclater la bombe qu'était Noël.

— Jared, le commissariat organise une fête pour Noël dans quelques semaines et j'aimerais vraiment que tu viennes avec moi.

Il ne s'attendait pas à ce que j'accepte. Je devinais qu'il se préparait à argumenter. Et avec raison.

Je ne quittai pas mon assiette des yeux.

— Pas question.

— C'est tout ? 'Pas question ?' Tu ne vas même pas y réfléchir ?

Il avait du mal à garder la voix calme. Il ne criait jamais – je pense qu'il essayait consciemment de ne pas ressembler à son père – mais son ton pouvait se faire grave et dangereux.

— Je n'ai pas besoin d'y réfléchir pour savoir que je passerai un mauvais moment.

— Moi aussi

Je levai les yeux vers lui et tentai un sourire.

— Exactement. Alors restons à la maison.

— Jared, ce n'est pas la solution. On doit rester ensemble. On doit leur faire face. Jusqu'à ce que ça ne soit plus si important pour eux.

— Est-ce que tu crois vraiment que le leur imposer résoudra les choses ?

— Personne ne 'leur impose' quoi que ce soit. Tu crois que je vais te baiser sur le buffet ou quoi ?

Sa voix était basse et tendue, comme s'il contrôlait soigneusement chaque sonorité, chaque syllabe, une lutte. Il était désormais très énervé contre moi.

— Je ne suis pas stupide. Tout ce que je dis, c'est qu'ils doivent s'habituer à nous voir ensemble.

— Donc on est supposés se tenir là, faire semblant de s'amuser, pendant qu'ils nous regardent et se moquent de nous ?

— Peut-être, oui.

— Non. Jamais de la vie.

Ce fut la première nuit où on alla se coucher toujours fâchés. Allongé de mon côté du lit, malheureux, je l'écoutais respirer. Je savais qu'il était toujours réveillé. Je voulais tellement le toucher, franchir cette distance. Mais il n'y avait rien que je puisse dire qui réglerait la situation, à moins de rendre les armes, ce à quoi je n'étais pas préparé.

Cela dura des jours. Je savais au fond de moi que ç'aurait dû être une période heureuse pour nous. Et par moment, c'était le cas. On regardait le football et on faisait beaucoup l'amour. Mais le reste de notre temps semblait englouti par nos disputes sur ces deux sujets : l'offre du lycée et ses collègues de la police. Nous nous sommes affrontés encore et encore, sans avoir l'air d'aller nulle part.

Tout explosa un soir chez Brian et Lizzy. Elle nous avait invités à dîner. On s'était disputés une heure durant pour savoir si je devais leur parler du job. Bien sûr, lui pensait que oui. Mais je ne voulais pas causer de problèmes avant d'avoir pris ma décision.

En arrivant à la porte, nous nous jetions toujours des remarques acerbes. Tout le monde faisait comme s'ils n'avaient rien remarqué, mais je savais que c'était faux. Le dîner fut silencieux et plein de malaise. On venait tout juste de finir lorsque Brian dit :

— Jared, il faut qu'on parle du magasin.

Il avait l'air nerveux et Lizzy fixait son assiette. Matt dressa l'oreille mais ne dit rien.

— Bien sûr. Qu'est-ce qu'il y a ?

— Ça fait plusieurs semaines maintenant que Lizzy est rentrée avec le bébé et elle n'a plus vraiment envie de reprendre le travail.

— Oh.

— Je sais combien ça a été dur pour vous sans elle. Tu fais des longues journées. Et Ringo ne peut pas t'aider beaucoup sauf le weekend.

— Ce n'est rien…

— Dis-leur, déclara Matt suffisamment doucement pour que je sois le seul à l'entendre.

Je fis la sourde oreille.

— Je peux gérer.

— Non, tu ne peux pas Jared, me dit maman gentiment. Tu ne peux pas y arriver tout seul.

— Tu auras besoin de jours de repos et de vacances, ajouta Lizzy.

— Ringo aura son diplôme au printemps prochain… commençai-je.

— Dis-leur, répéta Matt avec plus d'insistance.

Lizzy lui jeta un coup d'œil curieux, mais personne d'autre ne sembla le remarquer.

— Jared, interrompit Brian. Il ne va pas rester .Tu le sais bien. Il va partir à l'université. On pourrait engager un autre lycéen pour nous aider, mais ça ne règlerait pas le problème.

— Alors qu'est-ce que vous suggérez ? lui demandai-je.

— Eh bien, on peut envisager de licencier Ringo pour engager un employé à plein temps.

— On ne peut pas se le permettre. Surtout qu'un employé à plein temps s'attendrait à des avantages sociaux.

— Peut-être qu'il est temps de penser à vendre.

— Non…

— Dis-leur !

Cette fois ce fut assez fort pour que tout le monde l'entende.

— Non !

— Nous dire quoi, Jared ? demanda Lizzy avec une lueur de défi dans ses yeux bleus.

— Ce n'est rien ! lui dis-je avant de me tourner vers Matt. Pas maintenant !

C'était incroyable ce que j'étais soudain fâché contre lui. On se disputait à ce sujet depuis des jours et qu'il veuille me forcer la main me rendit furieux.

Mais il me rendit mon regard en ayant l'air tout aussi énervé.

— Ce n'est pas 'rien' !

Sans me lâcher des yeux il ajouta :

— On a offert à Jared un travail de professeur à temps plein au lycée pour le semestre prochain.

— Quoi ? dit Brian.

— C'est génial ! s'exclama maman.

— Pourquoi ne nous l'as-tu pas dit ? s'indigna Lizzy.

Je les entendis à peine.

— Espèce d'enfoiré de mes deux ! Je n'arrive pas à croire que tu aies fait ça !

— Et pourquoi ? Ça fait une semaine que je te dis de leur dire…

— *Quoi ?*

Là, Lizzy avait l'air énervé.

— Tu savais que je ne voulais rien dire !

Je haussai le ton.

Au contraire, il baissa le sien, ses mots plus courts, durs, à mesures qu'il s'énervait.

— Et tu ne crois pas que ce job est important dans cette discussion ?

— Tu n'avais pas le droit !

— Je n'avais pas le droit ? Qu'est-ce que ça veut dire, putain ?

Cette fois je criai pour de bon :

—Tu n'avais pas le droit, parce que ce ne sont pas tes affaires !

Tout le monde se figea. Dans ses yeux gris d'acier, toutes les portes se refermèrent comme ce n'était pas arrivé depuis des mois. Son regard devint glacial, son expression réservée, sans émotion.

— Alors c'est comme ça. Je n'arrive pas à croire que je ne l'aie pas réalisé plus tôt.

Il se leva et fit mine de partir.

—Qu'est-ce que c'est censé vouloir dire ?

Je fis de mon mieux pour ne pas crier et garder une voix calme. J'y réussis presque. Brian avait l'air terriblement mal à l'aise, Lizzy plus que remontée, et j'avais le sentiment que c'était dirigé contre moi. Je ne pouvais discerner ce que maman pensait.

— Ça veut dire que j'aurais dû réaliser plus tôt ce qui se passait. Tu as tracé une limite n'est-ce pas ? Et je ne suis pas censé la franchir. Et apparemment cette limite s'arrête à la porte de ta chambre à coucher !

Brian bondit sur ses pieds et attrapa les couverts les plus proches de lui pour les emporter dans la cuisine. Maman et Lizzy ne bougèrent pas. Matt n'avait pas fini.

— Tu fais de beaux discours, mais la vérité, c'est que tu as toujours honte de qui tu es et tu as honte d'être avec moi !

— Ce n'est pas vrai !

— Si ! Ne fais pas semblant de pas comprendre. Tu crois que je n'ai pas remarqué que tout d'un coup on ne sort même plus manger ? Bien sûr, t'acceptes le fait d'être homo, mais seulement parce que tu vis dans une putain de bulle ! Dès qu'il s'agit d'affronter les gens, tu enfonces la tête dans le sable.

— Ce n'est pas juste !

— Juste ? As-tu la moindre idée de ce que j'endure au boulot pour toi ? Y as-tu jamais pensé ? Tu crois que ça c'est 'juste' ? Je te demande de faire un tout petit effort pour moi et tu refuses de même y penser. Et toi, tu as le culot de me dire à moi que je suis 'injuste' ? Tu dis que c'est ce que tu veux, mais là c'est toi qui n'assumes pas !

— Attends…

Je fis marche arrière.

Mais il m'ignora.

143

— Et maintenant ce job ! Je t'ai vu avec ces gosses. Je sais à quel point tu adores enseigner. Mais tu vas laisser filer la chance de le faire à plein temps, tout ça pour éviter d'affronter quelques parents fanatiques ou quelques crétins d'ados. Tu vas continuer à bosser au magasin le restant de tes jours juste pour ne pas à avoir à affronter le reste du monde. Tu peux te dire que c'est parce que tu dois le faire si tu veux. Que c'est parce que ta famille a besoin de toi. Mais c'est des conneries, Jared ! La seule raison pour laquelle tu ne veux pas l'envisager, c'est parce que tu as peur.

— Tu as fini ? lui demandai-je, glacial.

— Ouais. J'en ai clairement fini avec toutes ces conneries.

Il fit demi-tour, j'entendis la porte d'entrée claquer.

Lizzy se leva précipitamment en me jetant un morceau de pain dessus. Sa visée fut impeccable.

— Connard !

Elle partit à la poursuite de Matt.

Il ne restait que maman et moi. J'appuyai la tête dans mes mains. Je tremblais, terrifié à l'idée que sa dernière phrase voulait dire qu'il me quittait pour de bon. Je voulais lui courir après, mais ensuite quoi ? J'étais incapable de faire ce qu'il voulait, mais je ne supportais pas l'idée de le perdre non plus. J'étais toujours en colère, pourtant je luttais pour ne pas fondre en larmes.

Maman resta silencieuse pendant un long moment, mais je savais qu'elle finirait par dire quelque chose. Si elle n'avait rien eu à dire, elle aurait déjà quitté la table. Finalement, elle prit une grande inspiration.

— Jared, laisse-moi te dire deux choses, puis je ne mentionnerai plus jamais cet affreux incident.

— Est-ce que j'ai le choix ?

— Non. La première chose, c'est que tu ne peux pas contrôler ce que pensent les autres. La seule chose que tu peux contrôler, c'est toi-même. Des gens vont te regarder de haut à cause des choix que tu as fait dans la vie, peu importe lesquels. Tu ne peux rien y faire. La seule chose que tu peux faire, c'est de décider comment vivre ta propre vie. Et envoyer balader les autres. La seconde chose est celle-ci : je sais qu'avoir une relation de couple est nouveau pour toi mais crois-moi, tu ne peux pas simplement choisir quels parties de toi tu veux partager et garder le reste pour toi-même. Ça ne marche pas comme ça. C'est tout ou rien. Troisièmement…

— Tu as dit qu'il y avait seulement deux choses.

— J'ai menti. La troisième chose est simplement ça…

Elle posa la main sur mon épaule et la tendresse de ce simple contact me fit perdre la bataille contre mes larmes. Je les laissai couler et fus puérilement soulagé que ma mère en soit le seul témoin. Sa voix fut douce quand elle continua.

— Ce garçon t'aime. Ne sois pas un idiot trop buté pour le voir.

Elle m'embrassa sur le sommet de la tête et partit.

Lizzy me reconduisit à la maison dans un silence de plomb. Je n'avais aucune idée de ce qui avait pu se passer entre elle et Matt quand elle l'avait suivi hors de la salle à manger. Tout ce que je savais, c'était qu'elle était revenue blessée et en colère et que lui n'était pas revenu du tout. Elle se gara devant chez moi, mais elle rompit le silence quand je fis mine de sortir.

— Pourquoi ne me l'as-tu pas dit ?

J'appuyai la tête contre la vitre froide de la fenêtre. Je n'arrivais pas à la regarder.

— Je ne sais pas.

— Je pensais qu'on était amis.

— On l'est, Lizzy.

— Vraiment ?

Elle renifla un peu, et quand je la regardai, il y avait des larmes sur ses joues. Je fus incapable de me rappeler la dernière fois que je m'étais senti aussi mal.

— Oui, Lizzy.

Je lui pris la main.

— Tu sais que je t'aime. Je ne sais pas pourquoi je ne te l'ai pas dit. Je sais que c'est une mauvaise excuse, mais c'est vrai. Je voulais juste que personne ne le sache. La seule idée d'accepter ce job me tord le ventre, et je ne peux pas expliquer pourquoi. Peut-être qu'il a raison. Peut-être que j'ai peur.

Maintenant que je l'avais dit, j'étais forcé d'y réfléchir et je n'aimais pas ce que je découvris.

Elle resta silencieuse une minute, puis déclara finalement :

— Jared, ne t'inquiète pas pour le magasin. On trouvera une solution. Accepte ce job.

— Je ne sais pas, Lizzy…

— Accepte ce job ! Et sors-toi la tête du sable. Tu dois des excuses à Matt.

Ce ne fut qu'une fois chez moi que je réalisai que Matt n'était pas là. J'essayai de l'appeler à son appartement mais raccrochai quand je tombai sur son répondeur. J'hésitais à m'y rendre mais décidai que ce serait simplement chercher des ennuis. J'étais certain qu'il était toujours en colère. Moi aussi, mais juste un peu. J'étais surtout blessé et honteux. Si je lui parlais maintenant, il attaquerait et je serais sur la défensive, et ce serait tout, on finirait sûrement par dire des choses qu'on ne pensait pas.

Le lendemain matin, j'appelai encore et obtins son répondeur. Cette fois-ci je laissai un message.

— Matt, je suis désolé. S'il te plaît, reviens à la maison.

Je n'arrêtais pas de penser à la période qui avait suivi mon anniversaire, à lui laisser des messages sans jamais avoir de retour. Je passai la journée à tenter de me convaincre qu'il ne me referait pas ça. Je fus immensément soulagé quand, de retour chez moi, je le trouvai qui m'attendait. Il était assis sur un des tabourets au comptoir où l'on prenait le petit-déjeuner. Il avait l'air effrayé mais tout aussi déterminé. Je fus si heureux de le voir que je me précipitai vers lui, mais il m'arrêta d'une main levée.

— Reste là.

Il ne me regardait pas, mais sa voix était ferme.

— Pourquoi ?

— Il faut que je te dise quelque chose. Si tu es là où je peux te toucher…

Il inspira profondément et leva les yeux vers moi.

— Je vais perdre le contrôle.

J'étais sûr que mon cœur s'était arrêté de battre. Il n'y avait qu'une chose qui puisse lui donner un air si froid, si déterminé et en même temps si effrayé. Je m'appuyai contre la porte en tentant de maîtriser ma respiration et j'attendis qu'il me dise qu'il me quittait pour toujours, me laissant à jamais seul, encore. Je croisai les bras sur mon torse, me serrant moi-même, espérant pouvoir me contrôler et sachant que c'était futile. S'il me laissait, j'éclaterais en mille morceaux et je serais perdu pour toujours.

Il prit une autre profonde inspiration et commença à parler.

— Je ne fais pas les choses à moitié. Une fois que j'ai pris une décision, je ne perds généralement pas de temps à me remettre en question après coup. Et exception faite d'une très mauvaise décision il y a quelques mois…

Il rougit à ces mots, et je sus qu'il parlait de sa décision de me quitter pour fréquenter Cherie.

— …Ça a toujours été pour le mieux.

Il s'arrêta une minute, il n'avait pas fini, alors je patientai.

— Alors quand j'ai pris la décision d'être avec toi, je suis parti du principe que toi et moi, nous voulions la même chose. Mais je réalise maintenant que j'aurais dû te demander.

J'avais du mal à suivre, à voir où cette conversation allait. Peut-être avais-je tort, mais il n'avait pas l'air de rompre avec moi. J'osai à peine espérer.

— Tu savais ce que je voulais.

J'arrivai à peine à prononcer ces mots.

Il secoua la tête.

— C'est ce que je croyais. J'ai fait semblant de le savoir. Mais je n'ai jamais demandé. J'ai supposé que ça…

Il fit un geste nous englobant.

— …allait être quelque chose de sérieux. J'ai pratiquement emménagé chez toi et je n'ai jamais pris le temps de demander si c'était ce que tu voulais.

— Bien sûr que ça l'était, Matt.

Je détestais avoir l'air aussi désespéré.

— Ça l'est !

— En es-tu sûr, Jared ?

Je commençai à répondre, mais il leva la main pour m'arrêter.

— Ne dis rien. Laisse-moi finir. Cette relation n'est pas facile pour moi. Ça va prendre du temps aux gars du commissariat pour s'habituer à l'idée que je sois gay. Enfin, je suis toujours en train de me faire à l'idée moi-même. J'ai passé ces derniers mois à nier qu'on était ensemble et maintenant d'un coup, je ne le nie plus, ils savent que je vis ici et je dois supporter beaucoup de conneries à cause de ça. La vérité, Jared, c'est que je suis prêt à supporter beaucoup de choses pour toi, à cause de mes sentiments pour toi. Parce que je ne suis pas heureux si je ne suis pas avec toi. Mais je ne suis pas sûr d'être prêt à affronter tout ça si la seule chose qui t'intéresse, c'est le sexe. Je sais qu'on dirait un ultimatum, et ce n'est pas mon intention, mais je dois être honnête. Je veux qu'on soit ensemble. Mais, comme je te l'ai dit, je ne veux pas faire les choses à moitié. Alors, si on est ensemble, il faut que ce soit pour de vrai, il faut que tu sois sûr de toi.

Il s'interrompit comme s'il n'avait pas fini mais n'était pas sûr de quoi dire ensuite. J'avais l'impression de manquer d'air, ses paroles m'avaient empli de soulagement. Une fois mon équilibre retrouvé, je levai les yeux vers lui. Il était toujours assis, l'air perdu, comme s'il voulait dire quelque chose d'autre, mais ne savait pas comment. Quand il devint évident qu'il n'ajouterait rien, je demandai :

— Est-ce que je peux parler maintenant ?

Il sourit presque.

— Oui.

Je le rejoignis, passai les bras autour de lui et l'embrassai doucement.

— Matt, c'est ça que je veux. Je veux vraiment que tu sois ici avec moi. Ce n'est pas juste une histoire de cul. Je suis dingue de toi, et je ne veux rien de plus qu'être ensemble.

Il eut l'air soulagé, mais ne tenta toujours pas de me toucher.

— Jared, je ne veux plus qu'on se dispute. On doit décider maintenant de ce qu'on va faire.

Je pris une grande inspiration. C'était la partie dont je n'étais pas si sûr.

— D'accord.

— Je sais que tu es embarrassé…

— Pas par toi.

Il ignora mon intervention.

— Et je comprends, jusqu'à un certain point. Mais tu t'y prends de la mauvaise façon, à chercher de le cacher. On peut passer toute notre vie terré ici, dans cette maison, à prétendre qu'on n'est pas ensemble, mais c'est une petite ville, les gens vont toujours savoir. Et ils vont parler. Alors te voir agir comme un criminel va seulement leur donner de quoi alimenter les rumeurs. Je ne dis pas non plus que c'est facile pour moi, Jared, mais je ne veux plus me cacher. Je ne veux pas passer le reste de ma vie à avoir honte de mon amour pour toi.

C'était la première fois qu'il utilisait ces mots. J'en restai silencieux, stupéfait. À peine quelques minutes plus tôt, j'étais certain qu'il allait me quitter, et voilà qu'il me disait qu'il m'aimait.

— Jared, dis quelque chose, s'il te plaît.

Ma voix trembla lorsque je demandai :

— Tu m'aimes vraiment ?

Il posa la main dans mes cheveux, m'attira contre lui, souriant et secouant la tête.

— Dois-tu vraiment le demander ?

Un poids dont j'ignorais l'existence me quitta. Il m'aimait, il était vraiment heureux avec moi et ce malgré tout ce qui lui en coûtait auprès de ses collègues. Était-ce vraiment trop de demander de vouloir faciliter les choses? J'étais la cause de toutes ces disputes, mais pourquoi ? Parce que j'étais trop fier pour affronter ses collègues ? J'aurais dû être fier qu'il me veuille à ses côtés. Je fermai les yeux et me concentrai pour ne pas me mettre à pleurer devant lui, mais je n'arrivai pas à empêcher mon souffle de trembler.

— Qu'est-ce qu'il y a Jared ?

Sa voix était si douce.

— Parle-moi.

— Tu avais raison… j'ai peur. Mais…

J'ouvris les yeux et le regardai.

— Je ne veux pas me disputer avec toi non plus. Je ferai tout ce que tu veux.

Il sourit à nouveau et m'embrassa tendrement.

— Viendras-tu faire du vélo avec moi demain ?

Cette simple requête me surprit.

— Bien sûr.

— Deux gars de la station seront là.

— Oh.

— Mais tu viendras ?

On y était. Je ne pouvais plus faire marche arrière maintenant.

— Si tu veux.

— Viendras-tu à la soirée avec moi samedi ?

Mon sang ne fit qu'un tour et j'avais des papillons dans le ventre rien qu'à cette idée.

— Je viendrai. Je vais détester, mais je viendrai si c'est ce que tu veux.

— Oui.

Son étreinte se resserra autour de moi et il m'embrassa à nouveau, la main dans mes cheveux tira un peu, comme je m'y attendais, penchant ma tête sur le côté pour qu'il puisse m'embrasser sur la joue, puis la mâchoire et enfin le cou. Sa voix était basse et pleine de promesses, rendant mes jambes flageolantes, tandis que ses lèvres effleuraient mon oreille.

— Tu viens dans la chambre avec moi ?

Je ris, soulagé.

— Oh mon Dieu, oui. Avec plaisir.

Il me conduisit jusqu'à la chambre et lentement, si lentement, me déshabilla, m'embrassant partout. Il ne prit rien pour lui-même, détourna gentiment tous mes efforts pour lui donner du plaisir et se servit de ses mains et de sa bouche pour m'attiser, m'entraîner vers le plus incroyable des orgasmes. Puis il m'embrassa tendrement, me tint étroitement contre lui et murmura à mon oreille :

— Je t'aime tu sais, Jared. Ça me fait peur parfois à quel point je t'aime.

Cette fois je ne pus retenir mes larmes et fut soulagé de la pénombre de la chambre car il ne pouvait les voir. Je passai les bras autour de lui.

— Matt…

Il me réduisit au silence d'un doigt sur mes lèvres.

— Chut.

Il s'enroula autour de moi, torse contre torse, jambes mêlées, une main caressant mes cheveux. Il déposa un baiser sur mon front.

— Ne dis plus rien, Jared. Laisse-moi juste t'enlacer.

Tous mes doutes éventuels s'étaient envolés. Il m'aimait. Rien d'autre n'avait d'importance.

XXV

LE LENDEMAIN, juste après le déjeuner, nous chargeâmes nos vélos à l'arrière de la jeep, en route pour les pistes. Je m'appuyai contre la vitre, regardant défiler les arbres, essayant de me détendre et de convaincre mon corps que je n'avais pas vraiment envie de vomir. J'avais horreur d'être aussi nerveux.

— Ça va ? me demanda Matt d'un ton léger.

— Non. J'essaye de me rappeler pourquoi j'ai accepté.

J'essayai de me souvenir de notre conversation du jour précédent, mais dans la lumière vive du jour, j'avais du mal. Je me forçai à réentendre ses murmures à mon oreille, ses bras qui m'enlaçaient tandis qu'il me disait qu'il m'aimait. C'était pour ça que j'étais là. C'était pour lui. Ça ne diminuait pas pour autant le nœud dans mon ventre.

— Tout va bien se passer.

— C'est facile à dire pour toi.

D'un point de vue rationnel, je savais qu'il avait raison. C'était juste du vélo, ce que j'aimais. Je n'aurais sûrement pas beaucoup à leur parler. Et quelques heures plus tard, on serait déjà de retour à la maison. J'inspirai profondément.

— Qui sont ces gars ? À quoi dois-je m'attendre ?

— Grant Jameson et Tyson McDaniels.

Il me fallut une seconde pour réaliser pourquoi ce nom me paraissait familier.

— Grant Jameson ? L'enfoiré qui est venu chez moi et m'a demandé si je cachais des gamins dans ma chambre ?

— Oui, Grant est un connard. Je ne vais même pas essayer de le nier. Mais Tyson est un mec correct. La plupart du temps il se contente de suivre l'exemple de Grant. S'il apprend à mieux te connaître, peut-être qu'il arrêtera de l'écouter autant. Grant continuera sûrement à me faire suer, mais ça commence à ressembler à des taquineries... amicales. La plupart du temps du moins. Et c'est important qu'ils réalisent que je n'ai pas honte d'être avec toi.

— Alors maintenant ils t'acceptent, mais pas moi, même s'ils savent qu'on est ensemble ?

— En gros oui. Une fois qu'ils auront réalisé que m'insulter ne va rien changer et que je serai toujours aussi compétent qu'eux, ils vont s'y faire.

Il haussa les épaules.

— Pour la plupart. Quelques-uns des flics les plus âgés ne m'accepteront jamais et je peux faire avec. Mais c'est avec Grant et Tyson que je vais le plus travailler, alors j'ai besoin qu'ils s'y habituent. Ils commencent à l'accepter, surtout Tyson. Ils me connaissent, et je ne corresponds pas à leurs stéréotypes. Toi non plus d'ailleurs, mais tu refuses de le leur prouver.

— C'est vraiment tout ce qu'il faut ?

J'étais toujours sceptique.

— En grande partie, je pense que oui.

Je secouai la tête.

— Moi je crois que tu te fais des illusions.

Il ne répondit pas et nous roulâmes un moment en silence. Quand il dépassa l'embranchement vers la piste qu'on empruntait d'ordinaire, je m'étonnai.

— On va où ?

— Johnson Rock.

Ça me surprit. Johnson Rock était la piste la plus difficile de la région. Matt arrivait à garder le même rythme que moi sur les pistes les plus faciles, mais la seule fois où nous avions essayé Johnson Rock, il avait eu plus de mal que d'habitude.

— Pourquoi ?

— Ça m'a semblé être une bonne idée.

— Ces gars sont si bons que ça ?

Il me sourit.

— Loin de là.

— Tu réalises que t'es pas logique, pas vrai ?

— Je leur ai dit l'autre jour que toi et moi faisions du VTT. Grant m'a demandé si je ne préfèrerais pas rouler avec quelqu'un qui tiendrait le rythme plutôt qu'une tapette. Alors je leur ai proposé de venir avec nous.

— C'est pour ça qu'on va faire la piste la plus difficile du coin ?

— Exactement.

— Je ne vois toujours pas comment ça va changer quoi que ce soit.

— Tout est une question de compétition. Ils ont du respect pour ceux capables de les battre.

Et la lumière fut.

— Ah. Je crois que je comprends maintenant.

— Ça va faire baisser l'ego de Grant d'un cran de manger de la poussière toute la journée. Et ça va leur prouver à tous les deux que tu n'es pas ce qu'ils attendent.

— T'es qu'un sale manipulateur.

— C'est vrai.

Son sourire valait bien tout ça.

Grant et Tyson nous attendaient au point de départ. Tyson hocha la tête et me serra la main quand Matt nous présenta, cependant il refusa de croiser mon regard. Grant refusa de reconnaître mon existence.

Nous enfourchâmes nos vélos et nous étions prêts à partir, quand Grant dit :

— Alors, mesdemoiselles et messieurs, vous êtes prêts ?

Tyson se détourna, visiblement embarrassé. Matt l'ignora complètement. Je me sentis rougir jusqu'à la racine des cheveux, entendis mon sang battre dans mes oreilles, mais je gardai les yeux rivés au sol sans rien dire.

— Très bien, donc, déclara Grant quand il devint évident que personne ne répondrait. Je vous attends au sommet.

Matt lui sourit.

— On verra qui va attendre qui, enfoiré, fit-il sur le ton de la plaisanterie.

Grant et Tyson rirent en chœur avant de s'élancer, me laissant avec Matt sur le point de départ.

— Tu es prêt ? me demanda-t-il.

Je ne pouvais même pas le regarder.

— J'essaye de ne pas te haïr, là tout de suite.

Il posa la main sur ma nuque et attendit que je relève les yeux.

— Je sais.

Puis il se pencha pour m'embrasser doucement.

— Merci de me faire confiance.

Je secouai la tête mais laissai tomber et demandai à la place :

— Veux-tu que je t'attende ? Et eux ?

— Seulement si tu en as envie

On s'élança enfin. Je laissai Matt derrière moi et dépassai Grant et Tyson en quelques minutes. Une fois seul, ma mauvaise humeur commença à disparaître. J'aimais trop les montagnes, rouler, le défi de finir la piste, tout ça. Le soleil brillait. La température avoisinait les dix degrés, mais la brise était un peu fraîche. Parmi les conifères nous surplombant se trouvaient quelques peupliers aux bras blancs et nus. Des parcelles protégées du sol qui n'avaient jamais vu le soleil et dont la neige ne fondrait qu'au printemps. Je n'arrivais pas à rester en colère.

Je fis demi-tour et redescendis jusqu'aux autres. Matt roulait avec eux.

— Hé ! lança-t-il joyeusement lorsque je les rejoignis. Tu fais une bonne promenade ? Est-ce que tu saignes déjà ?

Je ris.

— Non, pas encore. Et vous ?

— Seulement Tyson jusqu'à maintenant. On parlait justement d'un pari… Celui qui tombe le moins paye à dîner.

Je ne pus retenir un sourire.

— Ça marche.

Je roulai avec eux quelques minutes jusqu'à la section difficile suivante, où je terminai sans le vouloir devant eux. Tout le reste de la balade se déroula de la même manière. Je prenais de l'avance quelque temps, tout seul, puis faisais demi-tour et les rejoignais. Nous roulions ensuite un peu ensemble, mais je semblais toujours finir seul en tête au bout d'un moment, que je le veuille ou non.

— Bon Dieu, Jared, fit Tyson alors que je revenais vers eux. Tu as dû rouler deux fois plus que nous ! Tu n'es pas crevé ?

— Non, mais je commence à avoir les crocs, plaisantai-je. J'aimerai que vous vous dépêchiez un peu, les gars. !

Tyson rit. Grant secoua juste la tête. Matt souriait comme si je lui avais offert le soleil et la lune, ce qui m'agaça et me fit incroyablement plaisir à la fois.

Finalement, Matt les abandonna aussi pour rouler à mes côtés jusqu'au sommet. Nous nous accordâmes une courte pause avant de redescendre. Nous retrouvâmes Grant et Tyson qui se reposaient là où on les avait laissés.

— Vous ne montez pas ? demanda Matt.

— Hors de question, répondit Grant. On est morts.

Ce fut plus facile de rester ensemble sur le chemin du retour et je finis seulement quelques minutes avant eux.

— C'était une bonne balade, déclara Matt quand ils nous rejoignirent. La prochaine fois on choisira une piste plus facile pour que vous, les mauviettes, puissiez suivre.

Tyson rit.

— On dirait bien que le dîner est pour Jared.

— Je suis tombé aussi !

Puisque je n'avais été avec eux que la moitié du temps, je n'étais pas vraiment sûr de qui avait gagné le pari.

— Ne crois pas t'en sortir en jouant le modeste, répondit Grant, à ma surprise.

Non seulement c'était la première fois qu'il me parlait directement, mais il était même à moitié poli.

— Tu nous as ridiculisés toute la journée. Tu paies !

— Et comment ! répondit Matt pour moi. On se retrouve chez Tony.

Si son sourire avait continué de s'élargir, je l'aurais tapé.

— Tu vas arrêter d'avoir l'air si content de toi ? demandai-je au retour, même si en vérité je souriais un peu moi aussi.

— Peut-être. Admets-le, c'était une bonne idée.

— Je suppose.

— Tu peux admettre que j'ai raison maintenant, tu sais.

Il me fit un clin d'œil.

— Dis-le juste, 'tu avais raison, Matt' !

Je levai les yeux au ciel.

— T'es vraiment qu'un sale manipulateur. Et tu avais peut-être raison. C'est tout ce que tu auras.

Il rit.

Nous avons dîné avec Grant et Tyson. En majorité, ils parlaient boulot et je les écoutais. Ils cherchaient toujours Dan Snyder, mais après avoir fouillé chez tous les membres de sa famille, ils n'avaient plus aucune piste. On parla aussi un peu de football et de vélo. Tyson fut sympathique dès le début, mais à la fin, même Grant s'était détendu et quand on commença à partir, il m'arrêta. Il attendit que Matt et Tyson se soient un peu éloignés et dit nerveusement, sans me regarder :

— Écoute, sans rancune, d'accord ?

Il me tendit la main et je la serrai, espérant que je n'avais pas l'air aussi abasourdi que je me sentais.

Matt et moi conduisîmes en silence jusqu'à la maison. On avait à peine passé le seuil d'entrée quand il me plaqua au sol. Ça ne lui demanda pas beaucoup d'efforts et je me demandai à quel point il avait été bon en lutte à l'école.

— Oh mon Dieu, t'es lourd !

— Dis-le encore ! Je veux juste te l'entendre dire une fois de plus !

— Tu es lourd !

— Pas ça. Allez.

— Tu es un sale manipulateur.

— Essaie encore.

— Tu avais raison ! C'est ça que tu voulais entendre, gros lourdaud ?

— Exactement !

Il me sourit, ce merveilleux sourire qui me faisait fondre.

— Tu devrais y être habitué maintenant.

— Combien de temps vas-tu encore jubiler ? le taquinai-je.

— Je n'ai pas encore décidé.

Il était toujours sur moi, mais ça ressemblait désormais plus à une étreinte. Je le sentis déboutonner mon pantalon. Il commença à m'embrasser dans le cou. Je glissai les mains sous sa chemise, dans son dos.

— Et au sujet de ce job ? me demanda-t-il tranquillement, ses lèvres douces contre ma peau. Est-ce que tu vas l'accepter ? J'ai raison là-dessus aussi, tu sais.

Je soupirai. Je savais que je devrais m'en occuper bientôt, mais pas encore. Pas maintenant. Tout ce que je voulais pour l'instant, c'était lui. Les tâtonnements plus bas avaient changé et je sus qu'il défaisait son propre pantalon.

— J'y penserai. Est-ce que ça suffit pour le moment ?

Il souriait quand il répondit.

— Pour le moment.

Je tirai son pantalon et son boxer sur ses hanches. Je ne pouvais pas les baisser plus loin mais au moins ils ne me gênaient plus. Il plongea la main dans mon boxer et sortit mon membre de sorte à l'aligner contre le sien, puis referma les doigts autour. Il commença à nous caresser, lentement.

Malgré son enthousiasme pour le sexe le premier jour, il ne m'avait pris qu'une seule autre fois, et même là, seulement parce que je le voulais. Au début, je croyais qu'il était embarrassé, mais j'avais ensuite réalisé que c'était l'acte lui-même qui le rendait mal à l'aise. Quand j'avais essayé de lui en parler, il avait simplement répondu :

— Ce n'est pas juste, pour toi.

J'essayai de le convaincre que ça ne me gênait pas d'être pris à chaque fois, du moins pour l'instant, mais ça n'avait pas aidé.

— Est-ce que tu me respectes moins quand je te laisse y aller ? lui avais-je demandé.

— Non. Pas du tout.

Je ne savais pas si c'était vrai, ou s'il voulait que ce soit vrai.

— Alors quoi ?

— Comment toi, ne peux-tu moins me respecter moi après ça ?

Ça n'avait aucun sens, mais je n'insistai pas. Après tout, ça faisait tout juste un mois qu'il avait eu sa première expérience sexuelle avec un autre homme. Je me disais que quel que soit son blocage, il le surmonterait avec le temps. Pour l'instant, il y avait d'autres moyens de trouver le plaisir. J'avais été quand même surpris de découvrir que ce qu'il aimait le plus, c'était serrer nos verges l'une contre l'autre et nous masturber en même temps. Il disait que c'était parce qu'il pouvait me regarder. J'essayais suite à ça de ne pas être trop embarrassé, mais à mon avis c'était aussi parce que c'était plus facile de m'embrasser. Quelles que soient ses raisons, je n'allais pas protester.

Je posai la main sur la sienne et l'encourageai à aller plus vite. Il avait développé une sorte de mouvement à la fin de chaque caresse, de sorte que la tête de nos membres se frottait l'une contre l'autre, juste un peu, et c'était fantastique. Il s'était occupé de moi la nuit précédente. Pour lui, ça faisait plusieurs jours alors il ne fallut qu'une minute ou deux avant que son poing ne soit humide de son excitation.

Il se déplaça alors plus bas. Quels que soient ses doutes à propos du sexe anal, il n'en avait aucun à propos du sperme dans sa bouche. Je posai les mains sur sa tête, faisant de mon mieux pour ne pas tirer, tandis qu'il me suçait. Mais à ma délivrance je ne pus m'empêcher de pousser les hanches vers lui, et il gémit, lui aussi, et pas de gêne, quand j'éclatai dans sa bouche.

J'étais toujours sous le choc de mon orgasme, quand il vint m'embrasser.

— J'espère que tu sais, murmura-t-il à mon oreille, se frottant contre mon cou, que ce n'était qu'un échauffement.

XXVI

LA FETE de Noël ne fut pas aussi horrible que ce à quoi je m'attendais. Une partie des flics les plus âgés nous ignoraient ostensiblement, mais Tyson et sa femme semblèrent faire l'effort de se tenir à mes côtés la plupart de la soirée, et si Grant n'était pas exactement amical, il ne se comporta pas en absolu crétin non plus.

La semaine suivante, je donnai une dernière séance de soutien aux gamins. La maison était pleine, car ils se préparaient tous à leurs examens. Plusieurs des parents avaient envoyé de l'argent pour couvrir les frais des pizzas. Je fus surpris quand la sonnette retentit et qu'au lieu de répondre, Matt entra dans le salon et me dit :

— Tu ferais mieux de t'en occuper.

Je l'entendis parler aux gamins mais n'y prêtai pas attention. Je payai la pizza et passai par la cuisine prendre des assiettes en papiers et des serviettes. Dès mon retour dans le salon, les gosses m'acclamèrent. Deux des filles me sautèrent au cou. L'une cria si fort dans mes oreilles que j'eus peur de devenir sourd. Matt baissa la tête et quitta la pièce. Les autres gamins me serrèrent la main, me firent un câlin ou me tapèrent dans le dos.

— Qu'est-ce qui se passe ? demandai-je en essayant de détacher l'une des filles accrochée à moi.

— On vient d'apprendre que tu vas être notre prof le semestre prochain ! s'exclama Ringo.

Ils commencèrent à tous parler en même temps.

— Ça va être si génial…

— Vous serez le meilleur…

— Attendez !

Bien sûr, l'attitude étrange de Matt prenait désormais tout son sens. Me jeter comme ça aux loups ! Je dus attendre une seconde que toute cette agitation se calme avant de pouvoir dire :

— En fait, je n'ai pas encore accepté l'offre.

— Mais vous allez le faire, pas vrai ?

— On verra.

Ils s'agitèrent à nouveau.

— Stop ! Que j'accepte ce travail ou non, vous devez toujours bosser pour vos exams, alors remettez-vous au boulot.

Je dénichai Matt dans la cuisine. Il fixait le sol, les joues rouges, l'air incroyablement coupable. Il garda la tête basse mais me jeta un coup d'œil.

— Tu es fâché ?

— Je devrais.

— Mais l'es-tu ?

J'y réfléchis et réalisai que je ne l'étais pas du tout. Ce que je ressentais était en fait plus proche du soulagement. Quelque part au cours de la semaine précédente, j'avais pris la décision de lui faire confiance et je me sentais bien. L'inquiétude obsédante qui m'avait hantée depuis cet entretien, au début du moins, s'était effacée pour ne devenir rien de plus que l'équivalent de quelques papillons frénétiques dans mon estomac. Maman me conseillant de décider comment vivre ma vie semblait magiquement avoir désormais un sens. Et la réaction des élèves, mes élèves, avait décidé pour moi.

— J'appellerais demain pour dire que j'accepte le job.

Ça le fit sourire.

— Tu n'es vraiment qu'un sale manipulateur. Je te l'ai déjà dit non ?

Il m'attrapa par la chemise et m'attira à lui.

— Dis-le encore.

— Tu es un sale manipulateur.

— Pas ça. Tu sais de quoi je parle.

— Tu avais raison.

Il rit.

— Je ne me fatiguerai jamais de l'entendre.

QUELQUES JOURS plus tard, Cole appela.

—Salut, mon chou ! lança-t-il de sa voix chantante et charmeuse. Je suis de retour à Vail. Tu as envie de compagnie ce soir ?

— Désolé, Cole. Je ne peux pas.

Matt lisait sur le canapé. Il redressa brusquement la tête quand je prononçai ce nom.

— Tu ne peux pas ce soir en particulier ou tu ne peux pas à cause d'un certain officier de police grand, ténébreux et très colérique ?

— Ce dernier.

— Son placard n'était pas fermé à double-tour, finalement ?

— Je suppose que j'en ai trouvé la clé.

Matt eut l'air intrigué. Je lui souris.

Cole garda le silence pendant une seconde puis dit :

— Je suis heureux, Jared.

Ce n'était pas sa voix exubérante habituelle mais sa voix réelle, douce et calme.

— Je suis très heureux pour toi.

XXVII

— J'AI LA bière ! s'exclama Matt en passant la porte.

— Ce n'est pas trop tôt ! Tu as manqué le coup d'envoi.

C'était dimanche, huit jours avant Noël. Ça faisait des semaines qu'on attendait ce jour, celui où nos équipes favorites s'affrontaient à nouveau.

— Ils ont déjà marqué ?

— Non, mais ce n'est qu'une question de temps avant que les Broncos fassent mordre la poussière à tes lavettes de Chiefs.

Il rit.

—On verra ça, Jared ! Le perdant paye à dîner.

Ce fut un jeu serré. On passa un super moment, se chamaillant dès qu'une équipe prenait de l'avance sur l'autre. Il ne restait plus que deux secondes et les Broncos menaient par un point. Les Chiefs se préparaient à un dernier essai. S'ils le manquaient, je gagnais. S'ils le réussissaient, il gagnait. C'était la folie ; comme tous les fans de sports qui pensent qu'ils peuvent influencer le destin du jeu, je criai dans mon salon.

— Rate-le ! Rate-le !

Matt agrippait la table basse si fort que ses mains en blanchirent.

Le coup fut bon. Je gémis. Matt laissa échapper un cri et se retourna, me plaquant sur le canapé. La facilité avec laquelle il me clouait au sol était embarrassante. Il saisit mon menton et m'embrassa. Ce ne fut pas un baiser romantique, mais un gros, insistant, triomphant, smack sur mes lèvres, puis il s'écarta pour me dévisager avec un énorme sourire.

— Alors, que vas-tu m'acheter pour dîner ?

— Un régime ! Tu es lourd !

Le téléphone sonna et je tendis la main par-dessus ma tête pour l'attraper sur la table à côté de moi.

— Allô ?

161

Il était toujours sur moi mais s'était décalé plus bas. Il avait repoussé ma chemise et essayait de me distraire en déposant une série de baisers sur mon ventre.

— Matt ? demanda une voix de femme.

— Non, c'est Jared.

— Jared ? Est-ce que je me suis trompée de numéro ? J'essaye de joindre Matt Richards. Il m'a dit que c'était son nouveau numéro.

Il poussa mon bas de jogging plus bas sur mes hanches, et ses lèvres en suivirent la limite. Sa tentative pour me distraire fut une réussite jusqu'à ce que je dise :

— Il est là, une seconde.

Il étouffa un rire contre mon ventre lorsque je lui tendis le combiné.

Mais son air heureux déserta assez rapidement son visage dès qu'il commença à parler. Je devinais que c'était sa mère et qu'elle était surprise qu'il lui ait donné mon numéro. Il ne vivait plus vraiment dans son appart. C'était logique.

Il s'était rassis.

— Non, maman, je préfère que non. On est vraiment occupés en ce moment. Ce n'est pas la bonne période.

Oh merde. Je savais par le regard qu'il me lançait que ses sentiments étaient partagés.

— Vous louez une voiture ou vous avez besoin que je vienne vous chercher ?

Il posa les coudes sur ses cuisses et appuya la tête dans ses mains. Le reste de la conversation de son côté ne fut que par monosyllabes.

— Oui. Oui. Bien. Ok. Bye.

Il lâcha le téléphone et affaissa la tête presque jusqu'à ses genoux.

— Putain, Jared. C'est l'horreur.

Malgré sa détresse apparente, je n'étais pas trop inquiet. Cela ne durerait que quelques jours, puis tout reviendrait à la normale. Et dernièrement, notre 'normal' était incroyablement bon. Maintenant qu'on ne se disputait plus, tout était parfait. Rien ne pouvait affecter ma bonne humeur. Aussi ma voix fut-elle légère quand je demandai:

— Ils viennent te rendre visite ?

— Oui.

— Pour Noël.

— Oui.

— Quand arrivent-ils ?

— Après-demain.

— Combien de temps vont-ils rester ?

— Une semaine.

Aucun de nous ne parla durant une minute, puis enfin, je dis aussi gentiment que possible :

— Tu ne veux pas qu'ils sachent, n'est-ce pas ?

— Je suis désolé.

Ce ne fut qu'un murmure.

— Après le cinéma que tu m'as fait à moi alors que je n'étais pas prêt à affronter les autres ?

Mais je le taquinais. Je connaissais son père. Je savais à quel point c'était dur pour lui. Je ne pouvais pas lui en vouloir de souhaiter éviter ça.

— Je sais, dit-il doucement.

— Ton père va totalement nous gâcher Noël.

Je le taquinais toujours, essayant de lui remonter le moral.

— Je sais !

Je fus soulagé de voir que ça semblait marcher.

— Et Lizzy va péter un plomb.

— JE SAIS !

Il y avait désormais l'ombre d'un rire dans sa voix.

Mais il ne me regardait toujours pas. Je me glissai à genoux devant lui et posai les mains sur ses épaules. J'attendis qu'il lève les yeux vers moi et lui souris.

— Ce n'est rien.

Il secoua la tête.

— Si. Je ne suis qu'un hypocrite. Pourquoi est-ce que tu n'es pas en colère contre moi ?

— Parce que ton père est méchant, belliqueux et un connard contrariant.

Il rit un peu.

— C'est la première fois que j'ai une raison de m'en réjouir.

Je lui ébouriffai les cheveux, joueur.

— Relax. Ce n'est pas si grave. Ça craint qu'on ne puisse pas passer Noël ensemble. Et je vais détester ne pas te voir pendant une semaine. Mais on va y arriver. Tout va bien se passer.

Enfin, il se détendit et me sourit même un peu.

— Tu es vraiment d'accord ?

— Je te le jure.

Il m'attira contre lui, me serra assez fort pour m'empêcher de respirer.

— Merci.

Je l'embrassai sur la joue puis m'écartai pour le regarder.

— Je suppose que tu vas rester à ton appartement pendant qu'ils seront là ?

Son bail n'avait pas encore pris fin et même si ce n'était pas l'idéal, il payait encore son loyer, ce qui allait clairement faciliter les choses.

— Je n'ai pas le choix. Le motel où ils descendent est juste en face. Je ne sais pas quoi faire pour le téléphone, cela dit. Je leur ai donné ce numéro. Mais s'ils essayent de m'appeler de l'hôtel…

— Je ferai dérouter ma ligne vers ton ancien numéro. Ce n'est pas comme si on m'appelait, de toute façon.

Je réalisai qu'on avait seulement deux nuits ensemble avant de devoir à nouveau dormir seul pendant une semaine.

— Attends ici.

Je retournai dans la chambre, récupérai le lubrifiant et revint m'agenouiller devant lui, entre ses jambes. Il me regarda, avec un sourcil arqué et la moitié d'un sourire.

— Qu'est-ce que tu manigances ?

Je le repoussai sur le canapé et commençai à défaire son pantalon.

—Je pensais te donner une raison de revenir plus vite à la maison.

— Tu ne crois pas que j'ai déjà une bonne raison ? demanda-t-il amusé.

Mais il souleva les hanches et me laissa lui retirer son pantalon.

Je me contentai de lui sourire.

— Maintenant tu en auras deux.

Je l'attirai à moi, de sorte que ses fesses soient à l'extrême rebord du canapé. Comme toujours, je commençai par ce fascinant, cet attirant chemin sombre partant de son nombril, l'embrassant, goûtant sa peau. Il emmêla aussitôt ses doigts dans mes cheveux.

— Est-ce que tu as toujours eu un faible pour les cheveux ? lui demandai-je sans le regarder.

— Non.

Il tira doucement, taquin.

— Seulement avec toi.

Ça me fit sourire, alors je fis courir ma langue le long du chemin sombre et entamai ma descente.

— Je pourrais te poser la même question, se moqua-t-il.

Seule la moitié de mon cerveau était capable de réfléchir à ses paroles. Je songeai à sa coupe courte.

— De quoi tu parles ? Tu n'en as quasiment pas.

Il rit, une sorte de doux grondement qui le fit vibrer sous moi. Puis il tira doucement sur mes mèches, m'écartant de lui, son autre main recouvrant sa peau du nombril à l'aine. Recouvrant ce délicieux chemin de poils.

— Hé !

Je levai les yeux, il m'adressa un sourire de prédateur.

— Et là, tu vois de quoi je parle ?

Cela me fit rire, puis je repoussai sa main et embrassai à nouveau son ventre.

— Depuis notre premier camping ensemble. Tu te rappelles quand j'ai parlé pendant mon sommeil ?

— De randonnée à VTT.

— Mais oui, dis-je d'un ton sarcastique.

— Tu as dit quelque chose comme 'suivre une piste'.

— Et oui, dis-je à nouveau avant de suivre la piste du doigt.

Il rit.

— Je me disais bien que tu agissais bizarrement, ce matin-là.

— À cause de toi, je me suis réveillé avec une telle érection que j'ai dû me masturber dans la tente avant de pouvoir te faire face.

À ses mots, il gémit et son érection, tout contre ma joue, tressauta. Quand je levai les yeux, il me gratifia d'un sourire malicieux et très sexy.

— Alors ça, c'est excitant, dit-il d'une voix rauque. J'ai la soudaine envie de planter une tente dans le jardin cette nuit.

Je ris et le léchai sur toute la longueur de son membre. Il ferma les yeux et je le sentis frissonner. Je recommençai, ses hanches se levèrent vers moi lorsque je m'écartai. Il rouvrit les yeux et me regarda tandis que je passais la langue sur le bout de son membre et le prenais dans la bouche. Il grogna. Ses doigts se crispèrent dans mes cheveux, mais il ne poussa pas. Il ne poussait jamais, pas avant de jouer. C'est à ce moment-là qu'il perdait un peu de son contrôle parfait, et j'adorais en être la cause.

Rapidement, j'ouvris le lubrifiant et en étalai un peu sur mes doigts.

— Tu peux me demander d'arrêter à tout moment, lui dis-je tout en recommençant à le sucer avant qu'il réponde.

Puis, tout doucement, je passai le doigt entre le creux de ses fesses. Une légère pression, sans le pénétrer, un simple massage allant de ses bourses à son intimité et inversement. Au début, il se crispa. Je continuai à bouger de haut en bas, de bas en haut, sans cesser de le sucer, laissant la répétition du mouvement l'apaiser. Après quelques passages, il se détendit à nouveau.

165

Quelques passages de plus, et j'entendis son souffle se modifier, puis peu après, le rythme de mes doigts le fit gémir et bouger les hanches un peu pour prolonger le contact aux endroits les plus sensibles.

— Ça va ? lui demandai-je doucement.

— Ouiiiiiii.

Sa réponse ne fut qu'un long gémissement.

Je commençai à tracer les contours de son intimité, appliquai une très légère pression contre son anneau. Il réagit merveilleusement, gémissant, poussant contre ma main. Je glissai un doigt en lui et l'entendit siffler entre ses dents. Très doucement, j'entamai un mouvement de va-et-vient. Il émit de petits gémissements, se pressant contre moi, les doigts crispés dans mes cheveux. Je m'enfonçai un peu plus, frottai le doigt contre cette boule de nerfs que j'avais jusque-là soigneusement évitée.

Sa réaction fut presque suffisante à me faire jouir. Il s'arqua sous moi, malaxa mes cheveux, il hoqueta.

— Putain de merde !

Je m'écartai un peu à nouveau.

— Tu ne savais pas que ça existait ?

— Non.

Et ça aussi fut un gémissement. Je m'enfonçai et le caressai à nouveau, le frôlai, juste assez pour le voir tressauter à ce plaisir inattendu, juste assez pour entendre le grondement sourd dans sa voix. Puis je repris mes doux mouvements de va-et-vient.

— Est-ce que tu en veux plus ? lui demandai-je.

Je ne le regardai pas et à peine ma question formulée, je recommençai à le sucer.

— Non.

Ce fut une sorte de geignement. Je continuai de m'occuper de lui, de faire aller et venir mon doigt lentement, puis une seconde plus tard, il émit à peine une plainte.

— Oui.

Je glissai un second doigt en lui. Il gémit à nouveau, se pressant contre moi pour que j'accélère le rythme. Deux ou trois caresses, dedans et dehors, et je touchai sa prostate. Je le sentis sursauter, l'entendis haleter.

— Bon Dieu, c'est merveilleux !

Puis brusquement il me repoussa, jusqu'à ce que je sois par terre sur le dos, tirant sur mon bas de jogging, et je sentis ses mains entre mes jambes, ses doigts contre moi.

— Dis-moi comment. Je veux te le faire.

— Lubrifiant ! réussis-je à gémir, juste quand il commença à me pénétrer.

Il émit un rire fragile, se rassit, en étala sur ses doigts et se réinstalla sur moi, ses yeux brûlants dans les miens.

— Dis-moi.

— C'est comme une bosse dans la paroi. Tu sauras.

Ses doigts glissèrent en moi, et les mots me manquèrent. Mon bassin vint à sa rencontre. J'arquai le dos, fermai les yeux. Il bougeait les doigts avec une lenteur terrible. Après tout ce temps passé à le sucer et le torturer, j'étais prêt à exploser.

D'une main, je commençai à m'occuper de mon propre membre et du sien avec l'autre, mais il s'écarta.

— Je suis trop près de la fin, murmura-t-il.

Ses doigts trouvèrent ce qu'ils cherchaient. Une incroyable décharge de plaisir me traversa. Je grognai, m'arquai contre lui et l'entendit gémir en réponse. J'ouvris les yeux et le regardai. Ses prunelles étaient plus vertes que d'ordinaire, à moitié fermées, sensuelles et incroyablement sexy. Il avait un petit sourire.

— Putain, que j'aime te regarder !

Il la frôla à nouveau.

— C'est ça que tu ressens ? souffla-t-il alors qu'il la touchait une troisième fois. C'est ça que tu sens quand je suis en toi ?

J'étais incapable de formuler une réponse cohérente pour le moment. Tout ce que je réussis à produire fut un petit gémissement. Il ne sembla pas m'en vouloir.

— Jared.

Ses joues étaient cramoisies, mais il demanda quand même :

— J'ai vraiment envie de te prendre, là, maintenant.

Entendre ces mots fut presque suffisant à me faire jouir. Je réussis à répondre :

— Je croyais que tu ne le demanderais jamais.

Il sourit, se rassit et commença à fouiller dans le tiroir de la table basse à la recherche d'un préservatif. Amusant comme on semblait les avoir planqués dans toute la maison. Je fis mine de me retourner mais il m'arrêta.

— Je veux te voir.

Il passa mes genoux par-dessus ses épaules. Je le sentis presser son membre contre moi et lentement, très lentement, s'enfoncer, sans me quitter des yeux. L'intensité de son regard m'avait toujours troublé. Je fermai les paupières et m'immergeai dans cette sensation de plénitude, lui m'emplissant. Cette douce friction, ces mouvements de va-et-vient... Il allait doucement, mais mon orgasme approchait rapidement. Une partie de moi aurait voulu que cela dure éternellement, mais une autre sentait que si je ne me libérais pas rapidement, j'allais devenir fou. Il poussa ma jambe sur son épaule et commença à me caresser pendant qu'il s'enfonçait en moi. Bon sang, quand était-il devenu si bon à ça ?

— Jared, dit-il doucement. Je veux être à ta place.

Il continua ses mouvements.

— Je veux savoir ce que tu ressens à cet instant. Je veux savoir ce que c'est de t'avoir en moi.

Ses paroles suffirent à me faire exploser. J'essayai de trouver quelque chose pour me rattraper, et mes mains trouvèrent les pieds de la table basse. Ses poussées, ses caresses, s'accélérèrent.

— Oh bon Dieu, Jared !

J'ouvris les yeux, les plongeant dans les siens et y vit de la surprise, de la confusion et du désir pur.

— Je crois que j'ai vraiment envie que tu me prennes.

Son image à quatre pattes devant moi me traversa l'esprit, et ce fut tout ce qu'il me fallut. Tout explosa. Je jouis et lui aussi. Avant que les tremblements se soient même calmés, il m'étreignit et m'embrassa.

— Bon, souffla-t-il, ses lèvres frôlant les miennes, peut-être la prochaine fois.

'LA PROCHAINE fois' s'avéra être la nuit suivante. Je somnolais sur le canapé quand il rentra du travail.

Il me sourit.

— Temps d'aller au lit, dit-il avant de me tirer du canapé et de me pousser vers la chambre.

J'étais toujours à moitié endormi. Je me déshabillai, me glissai dans les draps. Mais au lieu de m'enlacer par derrière comme il le faisait toujours, il passa de l'autre côté du lit et s'installa le dos contre mon ventre.

Somnolant, je plaçai un bras autour de lui et, glissant la main plus bas, découvris qu'il était complètement nu. Je me réveillai un peu mieux.

— J'espère que tu n'es pas trop fatigué, dit-il d'un ton léger, puis il me saisit la main et plaça dedans une petite fiole d'huile de massage parfumée.

J'étais soudain complètement réveillé et mon sexe était prêt à exploser rien qu'à la pensée de ce que cela voulait dire.

— Tu en es sûr ? Tu n'es pas obligé.

— Tais-toi, Jared.

Il roula sur le ventre.

— J'en suis sûr. Je suis toujours ultra nerveux, mais je suis sûr.

— Peut-être que tu devrais te mettre au-dessus de moi. Comme ça tu auras le contrôle.

Il y réfléchit une seconde puis secoua la tête.

— Très bien, dis-je.

Je me dégageai de mon boxer, puis m'assis sur ses reins. Il se tendit aussitôt.

— Détends-toi. Je ne vais rien faire pour l'instant.

Je versai un peu d'huile dans mes mains et me mis à le masser. Je commençai par ses épaules, si larges et tendues que j'avais un peu peur que mes doigts fatiguent avant même d'attaquer la suite. Mais je continuai à le masser. Malaxai ses épaules et frottai ses biceps, jusqu'à ce qu'il se détende. Lentement, la tension le quitta. Je le massai encore, sentis ses muscles se détendre sous mes doigts. Son corps était magnifique, parfait, fort, et j'avais toujours du mal à croire qu'il était vraiment à moi. Je ne sais pas combien de temps je l'ai massé. Mes mains me brûlaient, mais il était si détendu que je crus presque qu'il dormait.

Je reculai, m'accroupis entre ses jambes. Il se tendit un peu quand je touchai ses fesses, mais seulement l'espace d'une seconde, et fit un effort évident pour se détendre à nouveau. Je frottai un peu ses jambes, même si la sensation de ses poils et de l'huile sur ma peau était un peu étrange. J'en versai un peu plus sur mes mains, en étalai sur mon membre pour ne pas devoir m'interrompre plus tard.

Un instant, je stoppai pour simplement l'observer, ce corps fabuleux brillant d'huile. Allongé là, les muscles parfaits et la peau douce et dorée, les jambes écartées, il avait l'air incroyablement sexy, comme s'il attendait juste que je le prenne. Ça me donna un peu le vertige.

Il tourna la tête vers moi et haussa un sourcil.

— Bon Dieu, Matt, je pourrais jouir rien qu'à te regarder.

Il rit un peu et posa à nouveau la tête sur l'oreiller, il avait la voix un peu étouffée, mais j'entendis quand même son amusement.

— Tu n'as pas intérêt.

Je me penchai vers lui afin que mon poids soit contre son dos. Ma verge, clairement bien excitée, se demandait quand la fête allait vraiment commencer et, tout contre ses reins, pointait vers son anus. Il tressaillit à peine lorsque je passai les doigts contre son intimité et que je commençai à la masser doucement, comme je l'avais fait la nuit d'avant.

Il glissa une main sous ses hanches pour se masturber et se cambrer contre ma main. Je caressai son anneau de chair pendant qu'il se touchait, sa respiration de plus en plus chaotique. J'augmentai un peu la pression. Je le pénétrai à peine puis me retirai.

— Jared.

Il avait l'air désespéré.

— S'il te plaît, ne me taquine pas.

Je glissai deux doigts en lui, et je le jure, j'entendis ses gémissements baisser d'une octave.

— Bon Dieu, j''arrive pas à croire que ce soit aussi bon !

Je faisais plus vite que la nuit précédente, allant-et-venant, mordant un peu ses épaules. Il s'arquait contre moi, haletait, gémissait, me rendait fou. Je mourrais d'envie de le pénétrer enfin, en pensant que si je devais attendre encore un peu, j'exploserais juste après m'être enfoncé en lui. Et comme s'il lisait en moi, il dit soudain :

— Maintenant, Jared !

Je gardai les doigts en mouvement le temps de me positionner. Puis, aussi doucement que j'en étais capable dans mon état d'excitation avancée, je les retirai et glissai mon membre en lui sans rompre le rythme. Ça fonctionna bien. Je fus complètement en lui avant qu'il le réalise et se crispe. Cette fois, je ne pense pas que c'était une protestation, juste un réflexe. Je me figeai, attendant que ça passe.

— Tu as mal ?

Un battement de cœur puis :

— Non, pas mal.

— Bien.

De la main qui ne me servait pas d'appui, je massai encore un peu ses épaules.

— Je sais que c'est étrange pour l'instant. Je sais que c'est comme s'il n'y a plus de place pour moi, mais il y en a. Essaye juste de te détendre, comme tu l'étais il y a une minute.

Il respira profondément et je le sentis se relâcher autour de moi.

— Très bien.

Je ne bougeai toujours pas, même si c'était la chose la plus difficile que j'aie jamais faite.

— Dis-moi quand tu es prêt.

Je savais très bien comment, au bout de quelques instants, ce sentiment étrange d'inconfort et de légère douleur se transformerait en quelque chose de mieux.

J'embrassai sa nuque et le sentit remuer un peu sous moi, tenter de s'habituer. Puis son souffle se bloqua dans sa gorge. Il laissa échapper un gémissement. Son corps tout entier sembla se relaxer et il pressa le bassin contre moi.

Ça m'allait. Très lentement, je commençai à bouger. Une ou deux caresses suffirent pour qu'il se cambre en haletant sous moi. Je savais que je ne durerais pas plus longtemps. Je glissai la main sous lui. La sienne y était toujours, même si elle ne bougeait pas. Je la repoussai et encerclai son membre puis commençai à le caresser au même rythme que mes coups de butoir. Ses hanches décollèrent du lit, ce qui m'offrit plus de jeu et me permit de le pénétrer un peu plus.

— Oh mon Dieu, Jared.

Ce fut presque un sanglot.

— Oh mon Dieu, je ne peux pas…

— Peux pas quoi ?

Il ne répondit pas, secouant juste la tête.

— Qu'est-ce qui ne va pas ?

Pourtant rien ne semblait clocher. Il accompagnait mes mouvements, son souffle était saccadé, son érection glissante contre ma paume tandis que j'allais et venais en lui, et il devait être proche de sa limite.

— C'est trop, réussit-il à hoqueter.

— Tu veux que j'arrête ?

— Putain, non !

Dieu soit loué. Je ne sais pas vraiment si j'aurais pu m'arrêter s'il avait dit oui. J'accélérai à présent, mes coups de hanches comme mes caresses.

— Ne te retiens pas, Matt, soufflai-je. Laisse-toi aller.

Étonnement, il obéit. Il se crispa et émit un cri guttural étouffé dans son oreiller. Il se resserra autour de moi, son corps tout entier tremblant, alors j'éclatai aussi, m'accrochant à lui aussi fermement que possible, espérant que je ne laisserais pas de marque de dents sur son épaule.

Nous restâmes ainsi une minute, je m'étais retiré mais j'étais toujours sur lui, nous avions tous les deux le souffle saccadé, frissonnant encore de la force de notre orgasme. Puis soudain, il se dégagea, se retourna et m'attrapa. Il nous fit rouler de sorte à se retrouver sur moi, m'écrasant. Il tremblait toujours.

Je fis courir mes mains dans son dos, sentant ses frissons s'atténuer. Nous restâmes comme ça un moment, à s'étreindre simplement, se caresser et à reprendre notre souffle. Il embrassa doucement ma gorge, mais ne dit rien et plus on restait sans parler, plus je m'inquiétais.

— Matt, est-ce que ça va ? demandai-je enfin.

Il émit un rire fragile.

— Tu es sérieux ?

— Oui.

Je m'écartai, éloignai sa tête de mon cou afin de le regarder dans les yeux.

— Je suis sérieux. Je veux savoir si tu te sens bien après ce qui vient d'arriver.

Il me sourit. Il n'y avait aucune honte ou regret dans son regard. Il avait l'air fatigué, repus et complètement à l'aise.

— Jared, je me sens plus que bien.

Il m'embrassa, tira doucement mes cheveux afin de m'embrasser dans le cou.

— C'était génial. Même si…

Je m'inquiétai à nouveau.

— Quoi ?

— C'est assez étrange, après.

Je me détendis entre ses bras et ris un peu.

— Je sais.

— Je me sens un peu… je ne sais pas… mou.

— Je vois ce que tu veux dire.

— C'est pareil pour toi ?

— J'ai toujours l'impression que mes jambes ne sont plus tout à fait attachées à mon corps. Comme si elles flottaient. Comme si j'étais une Barbie et que quelqu'un m'avait arraché une jambe…

— Non ! grogna-t-il, féroce, à mon oreille, tirant mes cheveux. Pas une Barbie !

— D'accord.

Je ris, surpris de sa véhémence.

— Ken, alors.

172

Il se détendit un peu mais ça semblait forcé. Quand il me regarda, il avait l'air troublé.

— Tu pourrais passer pour Ken. Version cheveux longs, hippie-Ken.

Il joua encore avec mes boucles.

Je voyais qu'il essayait de plaisanter, mais ça ne sonnait pas très juste et pas très drôle tout d'un coup.

— Qu'est-ce qu'il y a, Matt ? Tu crois que ça fait de moi une fille si tu me prends ?

Il soupira et se laissa retomber sur le dos à côté de moi, fixant le plafond.

— Non. Pas une fille.

— Mais moins qu'un homme ?

Il ne répondit pas, ce qui bien sûr fut une réponse en soi. J'essayai de ne pas en être blessé. Après tout, j'avais perdu ma virginité quinze ans plus tôt. Quinze ans et une demi-douzaine de relations, tout le temps d'explorer les dynamiques entre celui qui prend et celui qui est pris. Dans la plupart des cas, ça n'avait pas d'importance, mais parfois ça en avait. Je savais que ça pouvait devenir un problème de dominance et j'essayai d'être reconnaissant qu'il soit prudent. Mais…

— Jared ?

Il était sur le côté maintenant, me faisant face, la tête appuyée sur la main.

— Tu es fâché ?

— Je ne suis pas sûr encore, répondis-je avec franchise.

Il m'attira dans ses bras.

— S'il te plaît, ne le sois pas. Ce n'est pas que je pense ça de toi, c'est plutôt que je m'inquiète que tu penses que je pense ça de toi, et que tu m'en veuilles. Est-ce que ça veut au moins dire quelque chose ?

J'essayai de démêler tout ça, mais il ne me laissa pas le temps de répondre.

— De toute façon, maintenant je me sens mieux à propos de tout ça.

C'était vrai qu'il n'avait pas l'air troublé du tout. Sa voix était déterminée.

— Je me sens plus à l'aise par rapport à ce qui vient d'arriver que quand c'est le contraire.

Je n'étais pas certain que ça ait beaucoup de sens à mes yeux. Enfin, bon. On était ensemble depuis à peine plus d'un mois. Ce n'était pas long du tout pour un type qui se disait hétéro il n'y avait pas si longtemps. On avait tout le temps du monde pour le mettre plus à l'aise. Et entre temps, s'il préférait être pris ? J'aurais été un idiot de protester.

— Jared, ça va ? me demanda-t-il.

Je lui souris et lui retournai ses propres paroles.

— Matt, je suis plus que bien

— Parfait.

Il m'embrassa alors et ce fut lent, profond et passionné, ses mains courant sur mon corps d'une façon plus que familière. Je fus surpris de sentir déjà la preuve grandissante de son excitation contre ma jambe.

Je ris.

— Déjà ? Je ne suis pas sûr d'en être capable.

— Parfois, murmura-t-il avec amusement à mon oreille. Tu ne sais tout simplement pas quand te taire.

Il roula sur moi, nos corps alignés comme il l'aimait, glissa la main entre nous pour l'enrouler autour de nos verges. Il était à nouveau complètement excité, et je commençai à l'être aussi. Il m'embrassa encore, ses caresses étaient lentes et précises. Je passai le bras autour de lui, posai mon autre main sur la sienne tandis qu'il nous caressait, et fermai les yeux, m'abandonnant aux sensations qu'il créait. Coucher avec lui avait été incroyable, mais ça, c'était autre chose. Peut-être moins sexuellement, mais émotionnellement, je savais que c'était beaucoup plus. Je savais qu'il me disait quelque chose. C'était dans la lenteur de ses mouvements, dans la façon dont il m'étreignait, dans la douceur de sa langue contre mes lèvres et la façon qu'il avait de soupirer mon nom.

J'étais toujours ébahi d'en être la cause.

Rien d'autre n'importait. Ni ses parents, ni devoir passer une semaine séparés, pas même Barbie et Ken.

XXVII

Deux jours avant Noël, Lizzy et moi travaillions au magasin. Brian s'occupait de le vendre, mais jusque-ici, il nous appartenait encore. Je n'avais pas vu Matt depuis quatre jours. Ma maison était terriblement vide, mais savoir que ce n'était que temporaire le rendait supportable. Je passais beaucoup de temps chez Brian et Lizzy et avais même gardé le petit James une soirée.

Lizzy comptait la caisse et parlait de son sujet de discussion favori, mes cheveux.

— Jarhead, tu ne peux pas faire cours comme ça ! Que vont penser les enfants ?

— Que je suis branché.

— Tu n'es pas branché. Tu es débraillé, ce n'est pas la même chose.

— Je croyais que les filles aimaient les mecs débraillés.

— Oh ?

Elle me sourit, taquine.

— Tu essaies de plaire aux filles maintenant ? Y-a-t-il quelque chose que tu ne me dis pas ?

Je tentai de lui lancer un crayon dessus mais la manquai.

Matt arriva au même moment, l'air épuisé.

— Coucou, Matt. J'essaye de convaincre Jared de se couper les cheveux.

Il ne fit même pas cas de sa présence, marcha jusqu'à moi et dit doucement.

— On peut aller derrière, un instant ?

Je fus surpris mais répondis :

— Bien sûr.

Nous entrâmes dans la réserve. Il s'assit sur le bord du bureau de Lizzy, fixant le sol sans rien dire. Comme ça, il était plus petit que moi et tout ce que je voyais, c'était le sommet de sa tête. Je pouvais dire rien qu'à le regarder qu'il était à bout. J'attendis qu'il parle, puis réalisai enfin qu'il n'allait pas le faire.

— Comment ça se passe avec tes parents ?
— À merveille.

Il avait la voix rauque et tendue, pleine de sarcasme et de colère. Il ne leva pas les yeux et ne semblait pas enclin à dire autre chose. Le silence s'éternisa. Comme s'il s'apprêtait à partager une mauvaise nouvelle avec moi. J'essayai d'empêcher mon cœur de s'affoler.

— Qu'est-ce qu'il y a ?
— Je voulais juste te voir.

Ça me détendit un peu, mais je savais qu'il y avait quelque chose d'autre.

— C'est tout ?

Il hocha la tête sans rien dire, fixant toujours le sol.

Je m'approchai, et il se tendit un peu, comme s'il allait décamper si je faisais un mouvement trop brusque.

— Matt, regarde-moi

Il lui fallut une seconde, comme pour rassembler son courage, mais quand il leva enfin les yeux vers moi, je le vis dans ses prunelles. Il était sur le point de s'effondrer. Venir me voir n'avait pas été un caprice mais un acte de désespoir. Il n'avait pas juste eu envie de me voir : à ce moment-là, il avait besoin de moi, même s'il ne pouvait pas le dire. Il avait l'air triste, terrifié et perdu. Et, je le devinais, embarrassé que je le voie ainsi, tout en attendant désespérément que je l'aide d'une manière ou d'une autre.

Je le rejoignis, passai les bras autour de lui ; il s'agrippa à moi comme s'il se noyait et enfouit son visage contre mon épaule. Il tremblait, sa respiration était hachée. Il essayait sûrement de ne pas pleurer. À cet instant, je détestai Joseph plus que jamais. Je haïssais qu'il puisse briser Matt, d'ordinaire si fort et confiant, en l'espace de quelques jours. Je ne sais pas combien de temps on est restés ainsi, quelques minutes au moins. Je le serrai juste, lui frottant le dos et les épaules, émettant des sons apaisants jusqu'à ce que sa respiration retrouve un rythme normal et qu'il se détende enfin.

— Je suis désolé, Jared, murmura-t-il.
— Chut. Ne sois pas stupide. Tu n'as pas à t'excuser.

Je déposai un baiser au sommet de sa tête.

176

— Que s'est-il passé ?

— Pas grand-chose. J'ai juste perdu la tête comme un con.

Il rit, mais d'un rire dur et sans joie.

— Je ne peux plus le supporter. Je ne peux vraiment plus le supporter.

Il inspira, puis ajouta sur un ton plus proche de la normale :

— Tu me manques. Je déteste qu'on doive être séparés.

— Moi aussi. Pourquoi ne viens-tu pas ce soir ? Ils n'ont pas à le savoir.

— Je suis de service de nuit cette semaine.

Alors il bossait la nuit et passait ses journées avec ses parents, dormant à peine entre temps. Ça expliquait en grande partie son état.

Il s'écarta, se redressa et se détourna. Même de dos, je pouvais le voir se recomposer, s'essuyer les yeux, se tenir plus droit, redresser les épaules, afficher cette expression soigneusement contrôlée et gardée.

— Il boit, Jared. Beaucoup. Et il ne sait jamais quand la fermer. C'est pire que ça n'a jamais été.

À ce moment, Lizzy passa la tête par la porte.

— Est-ce que je peux entrer ? demanda-t-elle doucement. Je suis désolée de vous interrompre mais il faut que j'accède au coffre.

Matt inspira profondément et se retourna. Il était toujours crispé, mais son assurance habituelle était en grande partie de retour. Pour n'importe qui d'autre, il aurait eu l'air aussi calme et contrôlé que jamais. Mais je voyais toujours la colère et la tristesse dans ses yeux.

— C'est bon, Lizzy.

Elle se dirigea vers le coffre tout en le regardant du coin de l'œil. Elle prit ce dont elle avait besoin dans le coffre et fit mine de sortir mais se tourna vers lui.

— Ça se passe mal à quel point, Matt ?

Il haussa les épaules.

— Assez mal.

Elle réfléchit pendant une minute puis dit :

— Pourquoi est-ce que vous ne viendriez pas tous dîner pour Noël ?

— Non.

Il secoua la tête.

— Je ne pourrais pas vous faire ça. Pas avec la façon dont il s'est comporté la dernière fois.

Elle s'approcha de lui et posa la main sur son bras, le regardant dans les yeux.

— Matt, tu fais partie de la famille maintenant. C'est avec nous que tu devrais être pour Noël. Et si ça veut dire qu'on doit supporter ton père, alors on le fera.

Il baissa les yeux vers le sol, puis me regarda, puis Lizzy.

— Il ne sait pas…

— C'est bien ce que je pensais. On fera attention.

— Vraiment ?

Il avait l'air plein d'espoir.

— Vraiment.

Il sourit et l'enlaça, plus gentiment qu'il ne m'avait jamais serré dans ses bras. Elle avait l'air si petite contre lui.

— Merci Lizzy.

Elle s'éloignait de lui quand il ajouta :

— Oh, Lizzy, encore une chose ?

— Oui.

— Il ne faut pas que Jared se coupe les cheveux. Je n'aurais plus rien à quoi me tenir sinon. Ça me donne une bonne prise.

Je n'avais jamais vu Lizzy rougir autant et aussi vite. Je rougissais aussi. Matt rit, se moquant de nous deux. Et rien que pour l'entendre rire, ce moment valait toute la gêne du monde.

J'ETAIS DANS la cuisine le jour de Noël avec maman et Lizzy quand Matt et ses parents arrivèrent. Matt s'approcha de suite et dit à voix basse :

— Il est saoul. J'espère que tu ne le regretteras pas, Lizzy.

Avant qu'elle puisse répondre quoi que ce soit, Lucy arriva. Elle était visiblement embarrassée après la débâcle de leur dernière visite, mais elle remercia Lizzy de les avoir invités, puis Brian amena James et les trois femmes se mirent à discuter aussi de cycles de sommeil et de sevrage. Matt, Brian et moi nous éclipsèrent rapidement.

Le dîner se déroula presque sans encombre avant que ça ne dégénère.

— Je suis étonnée qu'il ne neige pas, remarqua Lucy. Je croyais que dans le Colorado, nous aurions un Noël blanc.

Brian rit.

— Il neige rarement à Noël. Et tout ce qui tombe fond en quelques jours. Les plus grosses chutes de neige ont lieu en février ou mars.

Soudain, Joseph jeta un coup d'œil autour de la table et dit :

— Vous n'avez rien à boire ?

Le sourire de Lizzy fut complètement innocent.

— Qu'est-ce qui vous ferait plaisir ? J'ai du thé glacé, du Sprite, du Dr Pepper, du lait…

— Non, je parle d'un *verre*.

— Oh !

Elle eut l'air sincèrement contrit.

— Je voulais aller chercher du vin pour dîner, mais j'ai été si occupée hier que j'ai oublié de m'arrêter au magasin. Et bien sûr, ils sont fermés aujourd'hui.

Elle regarda autour d'elle avec une expression coupable et rit un peu avant de hausser les épaules, elle avait vraiment l'air de quelqu'un d'étourdi.

— Je suis une telle tête de linotte, parfois. Brian n'arrête pas de se moquer de moi à cause de ça.

Bien sûr, ce n'était pas vrai du tout. Personne ne pouvait accuser Lizzy d'être tête en l'air, encore moins Brian. Je savais aussi qu'il y avait pas mal d'alcool dans la maison.

— Vous voulez dire que vous n'avez même pas de bière ?

— On les a finies dimanche devant le match, lui dis-je, ce qui était aussi un mensonge.

— Eh bien, avec la façon dont les Cowboys jouent cette saison, je peux comprendre.

Bien sûr, le match des Cowboys n'avait pas été diffusé cette semaine dans le Colorado mais on se garda bien de le lui faire remarquer.

Je fus en fait assez soulagé qu'on discute football, un sujet facile et sans danger, alors j'ajoutai :

— Vous le croyez, vous, que Al Davis ait déjà viré son coach principal ?

Matt était trop tendu pour répondre, mais avec ce sujet je pouvais compter sur Brian.

— Hé ! répondit-il. Tant qu'il continue à faire l'imbécile, les Raiders continuent d'être nazes. C'est mon héros.

Mais Joseph nous ignora et embraya sur son sujet favori.

— Matt, je n'arrive pas à comprendre pourquoi tu ne sors plus. L'été dernier quand on était là, tu ne pouvais aller nulle part sans que des jeunes femmes te donnent leurs numéros. Tu devrais en profiter, jouer sur plusieurs terrains.

— Papa, est-ce qu'on pourrait ne pas en reparler ?

— Et pourquoi pas ? Tu ne vas jamais trouver la bonne fille si tu ne fréquentes personne.

— Joseph, je suis sûr que vous savez que la petite amie de Matt, Cherie, a été tuée il y a quelques semaines, intervint Lizzy, plus mielleuse que jamais.

Matt lui lança un coup d'œil reconnaissant.

— Ça a été très traumatisant. Je sais que sa mort a été très dure pour lui.

— Conneries ! Il ne nous a jamais parlé de cette fille.

Comme s'ils parlaient tous les jours. Comme si Matt en aurait parlé avec son père même s'il l'avait aimée.

— Pourquoi pas cette beauté qu'on a vu hier à la pizzeria ?

Matt grinça des dents, les poings serrés sur la table devant lui.

— Papa ! Ça suffit.

— Quoi ? C'est une simple question !

— C'est une simple question que tu m'as déjà posé des dizaines de fois. La réponse est toujours la même. Je ne suis pas intéressé.

Son ton était grave, mesuré, ce qui signifiait qu'il était furieux. Joseph ne sembla pas le remarquer ou s'en soucier. Je suspectais cette dernière possibilité.

— Comment peux-tu ne pas être intéressé ? Pas elle, d'accord, pourquoi pas la rousse alors ? Ta mère veut des petits-enfants, et tu ne rajeunis pas. Vas-tu jamais cesser d'être si égoïste, et faire ton devoir ?

— Lucy, intervint maman soudain. Ne m'aviez-vous pas parlé, la dernière fois que vous étiez ici, d'un voyage en Floride ?

— Euh.

Lucy avait l'air très troublé, tripotant l'écharpe autour de son cou. Elle devait sentir le désastre imminent dans l'air mais ne savait pas comment l'éviter.

— Oui, c'est vrai. On est allés à Orlando…

— Je veux savoir !

Joseph haussa la voix.

— Je veux savoir comment tu peux te promener avec cette, ce…

Il me désigna et apparemment n'arrivait pas à trouver un mot assez vil.

— Cette *tapette*, comme si ça n'avait pas d'importance ! Pas étonnant qu'aucune femme ne veuille sortir avec toi.

— Joseph, ça suffit, dit Lucy doucement, mais il n'écouta pas.

— Est-ce que tu y as pensé ? As-tu pensé à ce que les gens allaient dire de toi ?

Lizzy se leva.

— M. Richards, je dois vous demander de partir maintenant.

— Non ! Je ne vais nulle part ! Je veux savoir pourquoi mon fils traîne encore avec un sale pédé. Tu t'en fiches de ce que les gens vont dire ?

— Joseph.

Ma mère se leva, la voix tranchante comme l'acier.

— C'est de mon fils que vous parlez, et…

— Je m'en tape !

Ma mère quitta la pièce, forçant son chemin par la porte battante du salon, avec suffisamment de force pour secouer les portraits accrochés aux murs. Joseph était désormais debout, vacillant sur ses pieds. Matt n'avait pas bougé d'un pouce. Les mains crispées devant lui, le regard fixé quelque part au-dessus de la tête de sa mère. Lucy avait les mains sur son visage. Brian affichait son air habituel de cerf prit dans les phares d'une voiture. Lizzy se tenait toujours les mains sur ses hanches, fusillant Joseph d'un regard meurtrier.

Joseph n'avait pas fini.

— Tu devrais avoir honte qu'on te voie avec lui ! Tu ne sais pas comment ça pourrait affecter ta carrière ? Es-tu tellement demeuré que tu n'imagines pas ce que les gens vont dire ?

— Je sais ce que les gens vont dire, papa.

Sa voix était désormais calme. Il n'avait plus l'air énervé. Juste résigné.

— Alors tu sais qu'ils penseront que t'es aussi une pédale ?

— Oui, papa. Je le sais.

— Ils vont croire que t'es son petit copain.

— Je le sais aussi.

— Ils vont croire que vous couchez ensemble.

La voix de Matt se fit plus forte.

— Je m'en fiche.

— Comment tu peux t'en moquer ?

Je le vis se décider. Je le vis desserrer les poings, la tension quitter ses épaules. J'étais prêt à le rattraper, à lui dire d'arrêter, je commençai même à dire 'non', mais il me repoussa. Il se redressa, les épaules raides, regarda droit dans les yeux de son père et déclara :

— Parce que c'est vrai.

— Oh non.

La voix de Lucy n'était qu'un murmure derrière ses mains et elle laissa tomber sa tête sur la table.

Personne ne bougea. Personne ne parla. Le silence semblait s'éterniser.

Enfin, Joseph parla d'une voix rauque et menaçante.

— Es-tu en train de me dire que…

— Oui.

Matt se leva, le dos droit, la tête haute. Je n'arrivais pas à croire qu'il ait l'air aussi calme et sûr de lui, comme si désormais il était sur le bon chemin.

— Je dis que je suis gay. L'appartement ? La fois où je vous y ai conduit, c'était la première fois que j'y revenais depuis des semaines. Je vis avec Jared.

J'aurais aimé dire que je me tenais la tête droite, aussi fier qu'il semblait l'être, pour être franc je faisais de mon mieux pour fixer un point sur la table à manger, dans l'espoir d'y découvrir un trou où me cacher.

Un autre silence pesant et Joseph répliqua :

— Tu n'es plus mon fils !

Matt ne fit que sourire.

— Je ne me souviens pas de la dernière fois où j'ai été autant d'accord avec toi.

Lucy pleurait à présent. Personne ne vint la réconforter.

— Là.

Matt lui jeta un jeu de clés de voiture sur la table.

— Prends ta voiture de location et rentre chez toi. Moi, je vais rentrer à la maison, chez moi, avec Jared.

Joseph avait l'air sur le point de dire quelque chose mais il n'en eut jamais la chance.

Maman revint en coup de vent dans la pièce.

— Matt, il faut que tu viennes. Il se passe quelque chose !

Matt et Brian la suivirent en premier. Joseph et Lucy y allèrent ensuite. Lizzy était toujours dans la même position, mains sur les hanches, fixant l'endroit où Joseph s'était tenu. J'étais sous le choc. J'avais l'impression que mon univers s'était renversé. J'attendais que quelqu'un débarque et crie :

— Surprise, c'est une Caméra Cachée !

Mais à la place, Lizzy se tourna vers moi et dit :

— Eh bien, ça s'est mieux passé que je ne le pensais.

Et juste comme ça, j'éclatai de rire. Elle s'approcha, me tira de ma chaise.

— Allez, viens. Allons voir ce qui se passe.

À notre arrivée dans le salon, il n'y avait personne. La porte d'entrée était ouverte, il y avait des gens sur notre pelouse. Dans la rue, il y avait plusieurs voitures de police avec leurs gyrophares allumés. Il faisait nuit et la seule lumière venait des lumières rouges et bleues au sommet des voitures. Matt parlait à Grant, Tyson et un autre flic que je ne connaissais pas.

— Que se passe-t-il ? demandai-je à Matt.

— J'ai quelque chose à te dire.

— Tu as ton arme ? lui demanda Grant.

— Non.

— On doit avoir un extra dans l'un des coffres.

Grant s'éloigna vers l'une des voitures.

Matt me mena là où se trouvaient Brian, Lizzy et maman. Maman avait James dans les bras.

— Quelqu'un a pénétré dans mon appartement tout à l'heure. On a cassé toutes les fenêtres et tout saccagé. Mes voisins s'en sont rendu compte et ont appelé la police.

Il parlait rapidement et tout bas.

— Quand ils sont arrivés, ils ont réalisé que c'était chez moi et que je n'étais pas là, alors ils sont allés chez nous.

Il me regarda et ajouta :

— Ils y ont trouvé la même chose.

— *Quoi ?*

— Notre voisin a entendu un bruit sourd et vu par la fenêtre Dan Snyder qui s'enfuyait.

— Merde !

— Quand ils n'ont pas réussi à nous trouver, ils se sont inquiétés et ont appelé tout le monde.

— Pourquoi ne t'ont-ils pas appelé toi ?

Il prit soudain l'air penaud.

— La batterie de mon portable est morte et mon chargeur est à la maison.

Il voulait dire chez moi, où il n'avait pas été de toute la semaine. Je haussai les sourcils et il me gratifia de son pseudo-sourire.

— Je sais. Je suis un idiot. Je vais en entendre parler plus tard. Mais là, tout de suite, ils veulent que j'aide avec la recherche.

Il attrapa mon poignet.

— Jared, reste là. Ne va nulle part tant que tu n'as pas de mes nouvelles.

Puis aux autres :

— En fait, vous devriez tous rentrer et verrouiller toutes les portes. S'il a su aller chez Jared, il peut songer à venir ici après.

Lizzy porta la main à la bouche, maman serra James contre elle, comme si Dan allait jaillir des buissons et tenter de lui arracher.

— J'ai tenté de les convaincre de laisser un agent ici, mais ils ne sont pas d'accord avec moi.

À ce moment, Grant accourut vers Matt.

— Je t'ai trouvé une arme. Elle est dans la voiture. Tu es prêt à partir ?

Matt jeta un coup d'œil à ses parents. Joseph se tenait les bras croisés et regardait vers le ciel et Lucy lui parlait à voix basse. Ils ne semblaient pas remarquer le chaos autour d'eux.

— Donne-moi une minute, Grant.

— Dépêche-toi.

Grant fit demi-tour et retourna à sa voiture. Les autres flics l'imitèrent. Certains étaient déjà partis. Ceux qui restaient, l'attendaient.

Matt prit une grande inspiration puis rejoignit ses parents. Son père lui tourna le dos et s'éloigna, mais Lucy l'écouta tandis qu'il expliquait ce qui se passait. Lizzy, Brian et Maman remontèrent les marches menant à la maison. Je les suivis du regard jusqu'à ce qu'ils soient à l'intérieur, puis me tournai vers Matt qui parlait à sa mère. C'est là que je vis Dan.

Il sortait de l'ombre derrière le garage. Nous formions les angles d'un triangle, Dan une extrémité, moi la deuxième et Matt et sa mère la troisième. Je le vis lever la main. Je vis l'arme. Elle était pointée sur Matt.

Tout arriva au ralenti. Je courus vers Matt, criant son nom. Lucy et lui se retournèrent alors que j'arrivais vers eux, et c'est là que j'entendis un coup de feu. Quelque chose me percuta. Matt me dépassa, courant à toute vitesse, droit sur Dan. Dan tira une nouvelle fois mais il était apparemment pris de court par Matt qui arrivait sur lui, parce qu'il manqua complètement sa cible. Matt se jeta sur lui dans un placage digne d'un joueur professionnel. Il l'avait désarmé et plaqué au sol en un temps record.

Je commençais à me sentir un peu faible. Je me tournai vers Lucy qui s'accrochait à moi.

— Ça me fait plaisir de ne pas être le seul à qui il arrive à le faire, lui dis-je.

Bizarrement, elle ne rit pas. Elle avait l'air effrayé.

— Jared, il faut que tu t'assoies.

Brusquement, je réalisai qu'elle ne s'accrochait pas à moi, elle essayait de me soutenir.

Et soudain, je fus par terre.

— Matt ! cria-t-elle.

Tout cela n'avait duré que quelques secondes. Les flics sortaient à peine de leurs voitures et se précipitaient vers nous. Je vis Matt, qui maintenait toujours Dan au sol, me regarder et pâlir.

— Qu'on m'apporte des menottes, tout de suite !

J'essayais de me lever quand j'entendis Lucy dire :

— Jared, ne bouge pas.

Elle était toujours assise par terre à côté de moi.

— Jared, on t'a tiré dessus. Il faut que tu restes tranquille.

Elle ôta son écharpe de son cou et l'appuya contre mon ventre.

Et soudain, j'eus mal.

Très, très mal !

J'entendis quelqu'un dire :

— L'ambulance arrive.

Puis Matt fut à mes côtés, me tenant la main, ses yeux plongés dans les miens.

— Accroche-toi, Jared.

— Il m'a tiré dessus ?

— Oui.

Son regard quitta le mien le temps de jeter un coup d'œil là où sa mère appuyait sur mon côté. Il leva les yeux vers moi.

— Il y a beaucoup de sang.

— Frotte de la terre dessus.

— Il délire, dit Lucy mais Matt secoua la tête, l'ombre d'un petit sourire dans ses yeux.

— Non, il ne délire pas. Il va s'en sortir. Pas vrai, Jared ?

— Ouais. Je me sens super bien. Qu'est-ce qu'il y a comme dessert ?

Il me serra la main.

Dan hurlait. Je ne comprenais pas quoi. Il y avait des flics partout et tellement de bruit. J'entendais Lizzy et maman pleurer. Et là, la douleur me vrilla, puis j'entendis Grant lancer :

— Reculez. Laissez-leur de la place.

— C'est exactement comme dans les films, déclarai-je à Matt.

Il commençait à avoir l'air inquiet. Il réévaluait manifestement son avis selon lequel je ne délirais pas.

— Bon Dieu, Matt, ça fait mal.

— Tiens bon.

Je me sentais léger, comme si je flottais au-dessus du sol. Ça semblait une bonne idée que Lucy s'occupe de ma blessure, même si j'aurais aimé que ça fasse moins mal. On aurait dit que des lumières flottaient autour de moi mais je n'arrivais pas à me concentrer dessus. J'entendis Lucy dire :

— Il est en état de choc.

— Jared.

Cette fois, Matt avait l'air effrayé.

— Jared, je t'aime. Je t'interdis de mourir.

J'essayai de soulever sa main pour lui toucher le visage sans tout à fait y arriver. Ma vue s'obscurcit.

— Matt, je crois que je vais m'évanouir.

— Non, Jared ! Reste avec moi !

Je n'entendis plus rien après ça.

XXIX

LES PREMIERES fois où je repris conscience, j'étais bourré de médicaments. J'étais vaguement conscient d'un défilé de visages : un docteur au visage pâle et une armée d'infirmières, toutes interchangeables dans leurs blouses bleues. Lizzy, Brian, maman, Matt. Lucy ? Mon cerveau embrouillé a buté sur ce dernier visage, avec des vagues de confusion, avant de retourner dans l'oubli. J'étais confusément conscient qu'il y avait souvent des gens dans la pièce. Ils parlaient beaucoup, mais seuls des bouts de phrases me parvenaient comme 'remplacer la fenêtre' et 'comme une nounou', mais elles n'avaient aucun sens pour moi.

J'avais sans arrêt l'impression de sentir des choses grouiller sur moi, mais personne ne semblait le remarquer. J'ai enfin réussi à attraper une des infirmières et lui ai dit :

— Des insectes, sur ma peau.

Elle m'a tapoté la main et répondu :

— C'est l'oxycodone.

J'entendais les mots mais je ne savais pas du tout ce que ça voulait dire. J'ai tenté de décomposer la phrase. C'était bien de l'anglais.

Je me suis endormi avant de faire plus de progrès.

IL ARRIVA enfin un temps où je m'éveillai et où le monde avait à nouveau un sens. Le brouillard qui embrumait mes pensées n'était plus qu'un souvenir. J'étais soulagé, à cet instant, que la seule personne avec moi dans la pièce soit Matt. Il était appuyé contre le mur et regardait par la fenêtre.

— L'oxycodone me donne des démangeaisons.

Bon, j'étais peut-être encore un peu dans le brouillard. Je ne savais pas trop pourquoi ce fut la première chose qui sortit de ma bouche.

187

Il tourna vivement la tête vers moi.

— Quoi ?

— Les antidouleurs qu'ils m'ont donnés. Avec, ma peau me démange.

Il me sourit et vint s'assoir à côté de moi sur le lit.

— Ça explique pas mal de choses. Tu n'arrêtais pas de dire 'insectes'.

— La prochaine fois qu'on me tire dessus, dis-leur que je veux du Vicodin à la place.

— Promis.

Mais il redevint sérieux.

— Tu as l'air affreux. Comment te sens-tu ?

— J'ai besoin d'une douche.

Je regardai autour de moi et réalisai qu'il y avait des fleurs partout.

— De qui sont-elles ?

— Surtout de tes élèves et des agents de police du commissariat de Coda. L'école. M. Stevens. Beaucoup de gens que je ne connais pas. Tu es un héros, tu sais ?

— Est-ce que j'ai le droit à une cape ? Je la veux rouge.

— Selon l'histoire qui circule, tu as sauté courageusement devant maman et moi pour nous sauver la vie.

Ses yeux pétillaient et sa voix était légère.

— Tu as pris une balle pour moi.

— Je suis quoi, les services secrets ? J'essayais juste d'attirer ton attention. Je n'avais pas l'intention de me faire tirer dessus.

Il sourit.

— Ton secret est en sécurité avec moi.

Nous avons gardé le silence un instant et je songeai à la scène du dîner, avant l'incident devant la maison. Matt avait parlé de nous à son père.

— Pourquoi l'as-tu fait ?

Il devait y penser lui aussi, parce qu'il ne me demanda pas de quoi je parlais.

— Ce jour-là, je n'ai pas arrêté de penser aux choix que j'avais faits dans ma vie. Quelques décisions, les plus difficiles, étaient celles qu'il détesterait s'il savait. Mais elles se sont toutes avérées bonnes. Tout d'abord, j'ai décidé de ne pas m'engager dans l'armée. Et je pense que c'était le bon choix. Ensuite…

Il énuméra ses choix sur ses doigts.

— J'ai décidé il y a quelques années d'arrêter de sortir avec des filles. Je t'ai déjà dit que ma vie est devenue beaucoup plus facile après ça. Puis, j'ai décidé que notre amitié était beaucoup plus importante pour moi que ce que disaient mes collègues. Et il s'est avéré que c'était une autre bonne décision. Enfin, quand Cherie est morte, j'ai décidé d'accepter le fait que je voulais m'envoyer en l'air comme un fou avec toi.

— Alors ça, intervins-je, ce fut une *très* sage décision.

Il sourit et me fit un clin d'œil.

— Ça oui.

Son expression redevint sérieuse.

— Alors, on était tous là assis à la table et il criait. Et tout ce à quoi je pensais, c'était à ces décisions et où elles m'avaient menées dans la vie, là où j'étais vraiment, réellement, heureux pour la première fois. Et je me suis demandé, quel est le pire qu'il puisse me faire ? J'ai tout de suite su la réponse : il pouvait me renier. Et je n'étais plus si sûr que ce serait une mauvaise chose. C'était comme si la solution était juste devant moi et que j'étais trop stupide pour la voir.

Il baissa les yeux, regarda nos mains jointes sur le lit à mes côtés.

— En fait, ça a été un soulagement. Je n'ai plus à gaspiller une seconde de plus de ma vie à essayer de le rendre heureux.

— Et ta mère ?

Son visage s'illumina un peu.

— Une fois qu'elle s'est calmée, elle m'a dit qu'elle s'en était toujours doutée.

Bizarre, la vie, pensai-je en me rappelant ma conversation avec Brian des années plus tôt.

— Je ne peux pas vraiment dire qu'elle est ravie, mais elle sait que je suis heureux. Et c'est important pour elle, je crois.

— J'ai cru qu'elle était là.

— Elle l'était. Elle a reporté son vol et a passé quelques jours ici. Il s'est avéré qu'avec papa parti, Lizzy, ta mère et elle s'entendent comme larrons en foire.

— Elle est partie, là ?

— Oui, mais elle va revenir.

Il plissa un peu les yeux et fronça les sourcils.

— Elle le quitte. Elle est rentrée mettre de l'ordre dans ses affaires. Lizzy a proposé de la laisser vivre chez eux pendant un temps. Elle a dit qu'elle pouvait toujours donner un coup de main avec James.

— Comme une nounou, dis-je doucement pour moi-même, comme si tout se remettait en place.

— Oui.

Il souriait à nouveau.

— Elle est surexcitée d'avoir un petit-fils par procuration ; à mon avis elle pourrait quitter mon père uniquement pour James.

Un silence s'installa à nouveau tandis que je pensais à ce qu'il avait dit.

— Matt, je suis tellement désolé. Tu as perdu ta famille à cause de moi.

Il me regarda d'un air alarmé.

— Quoi ? Non ! Tu as tout faux.

Il se pencha vers moi sur le lit, posa la main sur ma joue.

— Je n'ai pas perdu ma famille à cause de toi. J'ai une famille grâce à toi.

Je m'appuyai contre lui.

— Je veux rentrer à la maison. Quand me laissent-ils partir ?

— Mardi après-midi. Je travaille de 2 à 10 heures, mais je prendrai un jour de congé.

— Non. Maman, Brian ou Lizzy pourront me ramener.

— Tu es sûr que ça ne te dérange pas ?

— Certain. J'attendrai ton retour à la maison.

— Tout nu ? me demanda-t-il avec un sourire malicieux.

Je ris et le poussai hors du lit.

— Tu verras bien.

XXX

AU FINAL, ce fut maman qui me ramena de l'hôpital. Je fus surpris de voir que la baie vitrée était recouverte par du contreplaqué. J'avais oublié qu'avant de venir chez Lizzy et Brian, Dan avait saccagé notre maison.

— Ils ont commandé des vitres, me dit maman. Matt m'a dit qu'elles seraient installées la semaine prochaine, je crois. On a nettoyé autant qu'on pouvait à l'intérieur, mais vous allez sûrement devoir remplacer la moquette du salon.

Une fois à l'intérieur, les dégâts n'étaient pas si impressionnants. Je découvris aussi que la bibliothèque de Matt était à présent dans la chambre et que ses appareils de muscu occupaient la majorité de la salle à manger. Il avait apparemment installé le reste de ses affaires dans ma maison pendant que j'étais à l'hôpital.

Je me couchai tôt, me glissant avec contentement entre des draps qui sentaient comme lui. Je dormais quand il rentra à la maison. Je me réveillai quand il me rejoignit. Il se blottit doucement contre moi, contre mon dos, faisant attention à ne pas toucher le bandage sur mon côté. Je m'appuyai contre lui avec un soupir.

— Je suis heureux que tu sois à la maison, lui dis-je.

— C'est moi qui suis heureux que tu sois à la maison. Ça m'a manqué. Cette semaine avec mes parents, où je dormais dans mon appartement. Et la semaine dernière où tu n'étais pas là. Ce lit a semblé terriblement vide et grand.

Il faisait errer ses mains sur mon corps, puis il commença à embrasser ma nuque.

— Est-ce que les docteurs ont dit si tu étais assez rétabli pour reprendre *tout* type d'activité ?

— Ils ont dit pas de sexe pendant six mois.

Il se figea jusqu'à ce que j'éclate de rire. Puis ses lèvres frôlèrent ma nuque à nouveau et il murmura :

— Ce n'est pas drôle.

Mais je savais qu'il souriait.

— Ils ont dit d'être prudent et de faire attention à ne pas tirer sur les points.

— Je serais très doux.

Il le fut. Il nous aligna comme il l'aimait, et nous masturba, avec douceur et passion, m'embrassant profondément jusqu'à la fin quand il s'écarta pour me regarder jouir. Et même si ça me surprenait toujours, c'était me regarder qui le faisait basculer. Il murmura à mon oreille :

— Mon Dieu, que j'aime te regarder.

Après, on resta allongé ensemble dans la pénombre.

— Jared ?

Il jouait doucement avec mes boucles.

— Oui ?

J'étais plus qu'à moitié endormi, parfaitement bien installé, content, de retour dans mon propre lit. Avec lui.

— Dis-le-moi.

— Tu es lourd.

— Non.

— Tu n'es qu'un sale manipulateur.

— Non.

Il rit.

— Tu as raison.

Il me tira les cheveux.

— Ce n'est pas ça non plus.

— Je t'aime ?

Il soupira, satisfait.

— C'est ça.

Je restai allongé là, à écouter les battements de son cœur contre mon oreille, à sentir ses doigts dans mes cheveux, sa peau douce sous mes doigts, ses jambes mêlées aux miennes et je n'imaginais rien de meilleur au monde. Je souris, même s'il ne pouvait pas le voir, resserrant mes bras autour de lui, et le répétai, sauf que cette fois je le pensais.

— Je t'aime.

Cela faisait moins d'un an qu'il avait pour la première fois passé le seuil de notre magasin. Il était difficile de croire que ma vie ait changé à ce point.

Et en y repensant, une chose me fit rire : tout avait commencé à cause de la jeep de Lizzy.

MARIE SEXTON a toujours été douée pour l'aspect technique de l'écriture mais n'avait jamais eu de bonnes idées d'histoires. Après avoir obtenu son diplôme à l'université du Colorado, elle a travaillé durant onze ans dans une clinique de gynécologie. Elle a quitté cette clinique à peu près au même moment où elle a commencé à écrire des romances M/M. Dans les mois qui ont suivi, le brouillard dans sa tête s'est évaporé et sa première histoire a vu le jour.

Marie vit dans le Colorado. Elle est fan de tout ce qui comporte des jeunes hommes musclés qui se sautent les uns sur les autres. Elle aime particulièrement les Denver Broncos et assister aux matchs avec son mari. Matt et Jared les accompagnent souvent. Marie a une fille, deux chats et un chien ; tous semblent déterminés à vouloir détruire ce qui reste de sa santé mentale. Mais elle les aime quand même.

Visitez le site web de Marie au http://www.MarieSexton.net ou trouvez-la sur Facebook.

Essayez ces romances publiées par DREAMSPINNER PRESS

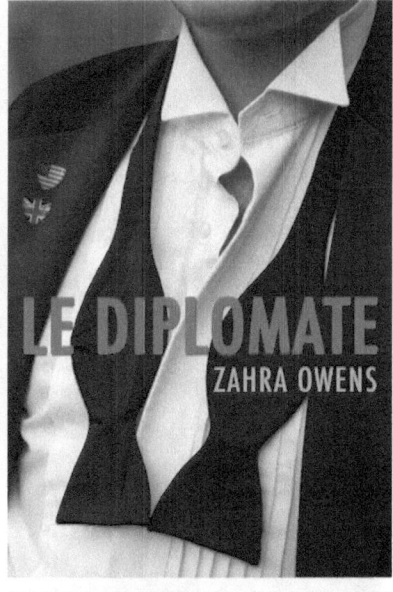

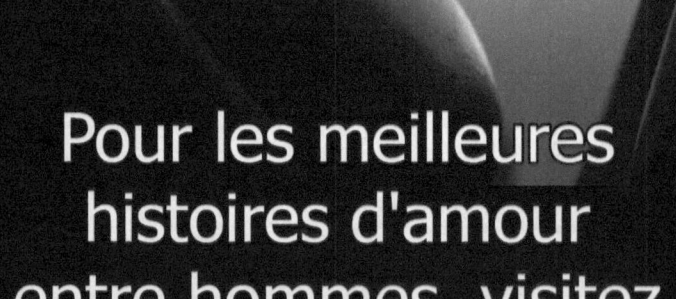

www.ingramcontent.com/pod-product-compliance
Lightning Source LLC
Chambersburg PA
CBHW022149240626
47153CB00007B/2583